to piggy duke!

7

엘리노어 다리스
남방 4대 동맹의 맹주.
다리스의 여왕.

**카리나 리틀
다리스**
기사국가 다리스의 차기 여왕.
자유분방한 방구석 공주.

돼지 공작으로 전생했으니까,

PIGGY DUKE WANT TO SAY LOVE TO YOU

이번엔 너에게 좋아한다고 말하고 싶어

「요즘엔 정말…… 완전히 자립을 해 버려서.

——저, 저 같은 건!

이제 스로우 님한테 필요 없잖아요——!」

샬롯 릴리 휴잭
멸망한 대국의 프린세스.
현재는 스로우의 종자가 된 몸.

「꾸……
꾸후으으으으으으으우.」

스로우 데닝
애니메이션 세계에 전생한 주인공.
데닝 공작가 삼남.
크루슈 마법학원의 문제아였는데……?

「고작해야 일개 귀족이 나를 모욕하는 것이라면─

그에 걸맞은 각오를 한 거겠지.」

루돌프 돌프루이
사상 최연소,
여왕 엘리노어의 수호기사

「이 정도는,

난관 축에 끼지도 않아—」

지금 저기서 잠든 그녀에게
좋아한다고, 전했다.
그런데, 그런데 말이다.
저놈들 탓에, 나는 여운에 잠길 수가 없다.
그리고—— 고백에 이르기까지 고생한 거랑 비교하면——

「난 말야──어머님이 진다는 게……절대로……싫어……」

C O N T E N T S

PIGGY DUKE WANT TO SAY LOVE TO YOU

This is because
I have transmigrated to piggy duke!

돼지 공작으로 전생했으니까,

PIGGY DUKE WANT TO SAY LOVE TO YOU

이번엔 너에게 좋아한다고 말하고 싶어

7

아이다 리즈무

illustration
nauribon

돼지 공작은 영리하고, 강하고, 상냥하며,

그리고 슬프게도 근성이 있었습니다.

이 『슈야 마리오넷』은

무대 뒤에서 보면

그의 비극적인 이야기입니다.

——『슈야 마리오넷』 감독

서장 나는 언제나, 과하다

"꾸후…… 꾸후우우우우!"

누구나 결섬이 있다.

자기 중심적이라든지, 입이 험하다, 폭력적이라는 점 같은 내면에 기인하는 것부터.

뚱땡이, 살쪘다, 오크랑 닮았다 같은 외면에 이르기까지 다양하게.

그래서 말이지.

과거에는 바람의 신동이라 불리며 다들 추켜세워 줬던 나의 결점은 무엇일까?

"…………꾸후우우우웃…………꾸후우우우우우!"

후훗── 과하게 해 버린다는 점일까?

옛날에 나는 좋아하는 애랑 같이 있고 싶어서 칠흑 돼지 공작으로 진화했다. 아니, 퇴화구나.

지금 생각하면 좀 더 나은 방법이 얼마든지 있었다.

그저 공작가의 인간으로 살아가는 미래가 너무 싫어서, 가장 대담한 방법을 선택했을 뿐이다.

하지만 뭐, 지금에 와선 미움받는 녀석을 연기하는 건 생각이 짧았다고 생각한다니까.

그 뒤로 우여곡절이 있었고, 나는 크루슈 마법학원에서 행복하게 살고 있다.

적어도 최대 목표인 그녀와 함께 지내는 것은 달성했으니 좋다고 치자.

"꿀……꾸후우우우우!"

그런데. 과하다고 하면 예를 들어서 지금도 그렇다.

다 죽어가는 오크의 단말마 같은 소리를 내는 사람은 당연히 나다. 나밖에 없잖아.

오크? 이미 오크 이상의 몬스터라는 딴죽은 제쳐 두고, 바로 나다.

"……꾸울후우우울, 꾸후우우우우!"

흙 마법으로 구축한 금속 바벨로 트레이닝에 전념한다.

가끔 지나가는 학생이 괴물을 보는 듯한 반응을 보이지만, 신경 안 쓴다.

어이쿠, 이럼 안 되지.

특제 웨이트 트레이닝 도구가 미끄러져서 지면에 푸욱 파고 들어 버렸다.

역시 나랑 같은 체중을 들어 올리는 건 힘들군.

그렇지만 드디어 목표에 도달했다.

달성감과 함께 차가운 땅바닥에 드러눕자, 햇빛이 눈이 부셔 현기증이 났다.

"……."

그렇다. 나는 그날부터.

마녀와 싸우고 완전히 패배한 나는.

그 뒤로 1개월.

하염없이 육체개조에 전념하고 있었던 것이다.

"야, 저기 그 사이클롭스가 있는데? 살이 쪘다가 말랐다가, 저 녀석 너무 서둘러서 사는 거 아냐?"

"손가락질하지 마. 전에 지저분하다며 바보 취급한 녀석이 어떻게 됐는지 잊었냐? 며칠 동안 밥도 못 먹게 됐다니까……."

나는 생각했다.

결국 말이지. 애니메이션 지식 같은 것이 있어도 사람의 행동은 전혀 예측할 수가 없다.

아무리 나라도.

삼총사 중 한 명, 꿈팔이^{닥터 힐} 마녀가 참전한다는 건 꿈에도 생각 못 했단 말이다.

"봐라. 저 돼지 공작의 몸을. 무슨 용병이냐? 저건 자그마한 오우거야."

"전에는 오히려 친근감이 좀 있었는데. 지금은 몸이 커다란 것도 아닌데 가까이 오기만 해도 위압적이야……. 아. 일어섰다. 우와, 이쪽 본다! 도망쳐!"

애니메이션 지식을 머릿속에 담아두고 있다 보니 과하게 생각에 빠져 버린다.

그래서 요즘은 모든 불안을 생각하지 않도록, 하염없이 몸을 계속 단련했다.

그리고 어엿하게.

저 녀석들의 반응으로 알 수 있듯, 기겁할 정도의 육체를 얻고 말았다.

하지만 그 마녀와 목숨을 건 술래잡기를 한 이후로 깨달았단 말이지.

격이 높은 상대와 싸우는 상황에서, 여차할 때 의지할 수 있는 건 자신의 육체뿐이다.

미래는 제멋대로 배신하지만, 내 몸은 배신하지 않으니까.

"있지. 미하. 요전에 근육이 있는 사람 좋다고 했었잖아. 저 사람은 어때?"

"저건 과해. 예전 데닝 님을 알고 있으니까 솔직히 말해서 무슨 표정을 지어야 할지 모르겠어. 오크라고 불리던 때는 그나마 좀 귀엽기라도 했으려나?"

"……오크가 귀여운 면이 있어?"

너무나도 격렬한 다이어트, 라기보다는 웨이트 트레이닝을 단행한 결과.

어느샌가 학원에서 나에게 말을 거는 사람이 사라졌다.

전에는 말야, 나한테 마법을 가르쳐 달라는 녀석들이 꽤 있었단 말이지.

솔직히…… 익숙하긴 하지만.

그러는 사이에 하루가 끝나고, 오늘 하루 아무하고도 대화를 안 했다는 사실을 깨달았다.

"저거 봐. 저 사이클롭스 님……. 어딘가 먼 곳을 보네……. 무슨 생각을 하는 걸까……."

"근육 생각하는 거 아닐까……."

그런 나에게도 마음의 평온을 유지하기 위해 이상적인 대화 상대가 중요하다.

그러면, 내 대화 상대 넘버원은 누구일까?

생각할 것도 없이, 샬롯이다.

"아하하. 샬롯. 그건 이상하다니까. 있지. 숙제 벌써 했어?"

어이쿠. 빨리도 등장하셨군.

내 마음의 벗, 샬롯을 발견해 버렸다.

그녀는 이 차분한 마법학원에서, 친구들로 보이는 여자애와 걸으면서 담소를 하고 있었다.

거듭해 쌓아 둔 토관 위에 앉아 불량배처럼 주변을 노려보고 있는 나하고는 딴판이다.

"뭐~?! 그렇게 나중 수업까지 예습하고 있어? 샬롯은 성실하구나. 나는 전혀 안 해~. 아, 그러면 다음 숙제, 보여줘! 응, 부탁이야!"

우리가 학원으로 돌아왔다는 사실은 이미 아버님의 귀에 확실하게 들어갔을 거다.

그러나 공작가에서는 아무런 반응도 없었다.

그것이 바로, 그 마로라는 여걸이 우리 집에 가지는 영향력인 것이다.

게다가──샬롯이 마법 수업에 참가하는 것을 인정하게 했으니, 그 녀석은 굉장하다.

"하지만 샬롯은 배우는 거 엄청 빨라! 나는 마법에 눈을 뜨고서도 처음 몇 년은 전혀 모양새가 안 났다니까! 자신을 가져! 굉장한 거니까!"

그러니까, 제국이 최전선의 병사를 철수시킨 지 한 달이 지날 무렵이다.

이제 전쟁의 그림자에 겁먹은 자는 아무 데도 없다.

"……야, 로코모코 선생님 아직도 안 돌아왔대?"

"돌아왔다 싶더라니 금방 학원장님이랑 유우기리 선생님이랑 같이 사라졌지. 로코모코 선생님이니까, 어디 놀러 간 거 아닐까?"

"이번에는 무슨 기념품을 가지고 올까?"

"……야, 너네들 그거 아냐? 유우기리 선생님은 학원에서 장래 카리나 공주님의 수호기사^{가 디 언}가 될 수 있는 인재가 있는지 찾으러 왔다고 하던데?"

"가디언^{로 열 나 이 트}은 왕실기사 안에서 고르는 게 관례잖아. 하긴 데닝

처럼 뛰어난 힘이 있으면 이야기가 달라지겠지만."

로열 나이트면서 학원의 선생님으로 부임했던 유우기리 선생님.

그 목적은 학생들 사이에서 로열 나이트 후보를 찾기 위해서였다거나, 정신적인 피로를 치유하기 위해서였다거나, 여러 가지 소문이 돌았지만 결국 아무것도 알 수 없었다. 그리고 유우기리 선생님이 왕실기사단에 돌아가는 것이 결정되고, 대신 로코모코 선생님이 돌아올 예정이었다.

그렇지만 생각하기도 싫은 그 사건이 발생하고.

학원장님뿐 아니라 로코모코 선생님까지 유우기리 선생님하고 같이 왕도로 돌아가 버렸다.

"로코모코 선생님이 안 돌아오면 재미없는데. 나는 선생님의 그 적당한 수업을 꽤 좋아했단 말이야."

그 일에 학생들의 낙담도 꽤 컸다.

누가 뭐래도 로코모코 선생님은 학원에서 제일가는 인기 교사였으니까.

"이제 와서 말하는 것도 뭐하지만…… 타리가 숲에 떨어진 운석을 보러 갔었다는데, 거기는 지금 세상의 종말 같은 엄청난 꼴이라더라. 완전 엉망진창이라고……."

숲에 떨어진 운석은 새로운 미래의 상징.

제국이 최전선에서 병사를 물리고, 앞으로 수백 년은 평화로운 시대가 도래하는 여명기.

다들 그렇게 말하지만 사실 그건 적국 사람이 일으킨 것이다.

도스톨 제국의 삼총사, 닥터 힐이 날뛴 사실은 완벽하게 은폐됐다.

"나, 군에 들어갈 생각이었는데. 장래는 어떡하지."

"이제 그만 진지하게 생각해야지. 집으로 돌아가도 형이 부려먹을 테니까."

학원에 맥빠진 분위기가 만연하지만, 나쁜 일이란 생각은 안 든다.

이 세상에는 알 필요가 없는 사실도 있다.

숲속에 제국의 인간이 있었다니, 알 필요가 없는 진실이다.

그리고 가능하다면 유우기리 선생님에게서 샬롯에 관한 기억도 없애고 싶었다.

선생님은 도움을 받은 답례인지, 피해는 주지 않겠다고 약속을 했지만.

"흐응. 역시 공작가의 종자님이면 요구되는 기준도 높은 거구나아. 샬롯은 힘들겠네."

어이쿠, 샬롯 일행이 다음 수업을 들으러 가네?

나는 토관에서 뛰어내려, 꿀꿀 태연한 기색으로 다가갔다.

요즘에 샬롯은 내 다이어트에 어울려주지 않는다.

수업에 참가하니까 예습복습으로 바쁜 건 나도 이해한다. 나랑 달리 샬롯은 귀족을 위한 교육을 받지 않았으니까 참 힘들 거야.

그러니까 필연적으로 나와 보내는 시간이 줄어 버린 건 어쩔 수 없는데.

"어~이, 샬……."

"아. 샬롯. 데닝 님이 부르는데…… 어? 샬롯, 어디 가는 거야! 아직 수업 시작하려면 시간 있는데! 응, 준비?!"

그런데, 그런데 말이다.

내가 걸어가면, 우는 아이도 울음을 그친다던 칠흑 돼지 공작의 종자를 오랜 세월 맡아 온 그녀가 저렇게 후다닥 도망쳐 버린다.

"아, 데닝 님! 죄송해요! 저희, 급해서요!"

샬롯의 친구들이 미안한 기색으로 고개를 숙이자 나는 거창하게 고개를 끄덕였다.

아무렇지도 않은 것처럼 꾸미고 있지만, 알맹이는 브로큰 하트.

그렇지만 샬롯은 성실한 여자애다.

분명히 수업에 지각할 수 없다는 굳은 신념을 가져서 저럴 거야.

정말로 성실해서, 나도 자랑스럽다.

태어난 곳은 휴잭. 몬스터에게 멸망한 이름 높은 망국.

"……열심히 공부하네. 감탄할 일이야꿀."

현실도피를 하는 건 관두자, 관둬.

지금 그건 대체 어떻게 된 걸까?

이런 처지에 익숙하긴 하지만, 샬롯은 칠흑 돼지 공작 시절부터 계속 내 옆에 있어 주었다.

그러나—— 지금, 확실하게 나를 보고 도망쳤단 말이지.

"……역시, 그날이 원인인가? 기분 탓이 아니지?"

모든 것은 제국 삼총사가 샬롯을 인질로 잡은 날.

어둠의 대정령 씨가 협력해 준 덕분에, 마녀를 격퇴하고서 거짓된 평화는 지켜졌다.

그러나 내 일상은 부서졌다.

샬롯이 나를 피하고 있거든요.

"……………………………………꾸울?"

이유가 몇 가지 짚인다는 게 슬픈 점이다.

역시, 너무 자주 위험한 일을 당해서 그런가?

내 곁에 있으면 목숨이 몇 개라도 부족하다는 걸 깨달아 버렸나?

아니면, 완전히 정이 떨어져 버린 걸까?

"어이—— 너는 또 무슨 세상이 끝난 것 같은 낯짝을 하고 있냐?"

이 세상의 끝.

그래. 그 말이 맞아.

샬롯이 날 피하다니, 나에게는 세상이 끝난 것과 같은 일이다.

"……지금 그 목소리, 혹시."

"오냐! 돌아왔다, 데닝."

돌아보자 그곳에는, 학원장님과 함께 왕도로 갔던 전직 로열 나이트가 있었다.

여전히 후덥지근한 로코모코 선생님이, 팔짱을 끼고 서 있었다.

1장 지금의 나는 인기인?

"데닝, 표정 볼만하구나."

나랑 선생님의 관계를 설명하기란 살짝 어렵다.

누가 뭐래도 선생님 캐릭터라는 건 기본적으로 주인공을 이끄는 존재다.

그렇지만 선생님보다 내가 더 강하니까 관계가 대등하다고 해야 하나. 하지만 애니메이션과 마찬가지로 듬직한 존재라는 것은 분명하며, 나는 로코모코 선생님의 귀환을 누구보다도 기다리고 있었다.

아예 돌아오는 게 너무 늦어서 분노가 솟을 정도다.

"로코모코 선생님. 언제 왕도에서 돌아온 건가요?"

"지금 막 돌아왔다. 그래서 학원이 어떤가 몰래 돌아보고 있는데 네 한심스러운 표정이 보였지. 그런데 데닝 너 말이다. 살을 뺐다는 차원이 아니잖아? 그 정도까지 가면 질색할 정도라고?"

"……덕분에 이쪽은 불안해서 견딜 수가 없었단 말입니다."

"불안이라니. 너 설마, 그때부터 계속?"

"당연하잖아요. 나는 삼총사 중 한 명에게 습격을 받은 장본 인이란 말이죠. 결말을 지켜보지도 못한 채 어중간하게 학원 에 남겨졌으니…… 어쩌란 말입니까?"

"하아…… 아직도 너를 왕도에 안 데리고 간 것 때문에 꽁한 거냐?"

로코모코 선생님은 가볍게 말했지만, 그건 내가 지금까지 해온 일을 모조리 뒤집어 버리는 커다란 일이다.

지금 생각해 보면 무슨 일이 있어도 왕도에 따라갔어야 했어.

덕분에 그 뒤로 아무런 정보가 들어오질 않아서, 그 짜증을 몸에 쏟았다.

"학원 쪽은 전혀 걱정할 필요가 없어요. 다들 벌써 잊어버렸 으니까."

"정말로 그런 느낌이구만. 숲에 떨어진 운석, 새로운 시대의 개막이라…… 잘됐구만."

"그 이야기를 꾸며낸 건 선생님이잖아요."

숲에 운석이 떨어졌다는 건 모조리 거짓말.

나랑 어둠의 대정령 씨가 마녀를 쫓아낸 다음, 금방 학원에 서 선생님들이 찾아와 너무나도 심각한 참사에 눈이 동그래 졌다. 누가 봐도 얼버무리는 건 불가능. 나는 무슨 일이 일어 났는지 모든 것을 증언했고, 어둠의 대정령이 정체를 밝히자 선생님들이 대소동을 일으켰다. 어둠의 대정령 씨는 자기 정 체를 숨길 생각이 없었고, 볼 줄 아는 사람이라면 그녀가 위험한 존재라는 것도 일목요연했다.

대정령 씨가 제멋대로 얘기하는 것보다는 내가 설명하는 편이 낫다고 생각했지.

"로코모코 선생님. 그보다도 1개월이나 소식도 없고, 너무하지 않아요? 덕분에 나는 불안이랑 스트레스 때문에 이런 몸이 됐다니까요."

"그건 굳이 따지자면 고마워해야 할 일 같은데. 작금의 마법사는 너무 마법에만 의지해서 자신의 몸을 소홀히 하는 경향이 있으니까. 한 번 철저하게 단련해 두는 건 좋은 일이야."

"……그래서, 로코모코 선생님 혼자 돌아온 건가요?"

"할아범은 아직 왕도에서 할 일이 있다고 해서, 나 혼자다."

"……혼자."

"그리고 데닝. 더 이상 질문은 안 받는다. 너는 이 건에 고개들이밀지 마."

"선생님, 전 이래 봬도 당사자인데요?"

"선의로 하는 말이야."

"……어둠의 대정령은 아직 왕도에 있는 건가요?"

로코모코 선생님은 더 이상 아무것도 말할 생각이 없다는 듯 입을 다물었다.

나도 선생님에게 정보를 끌어낼 거라고 생각하진 않았다.

이 건에서 나를 떨어뜨리기 위해서, 학원에 남겨두고 간 건 이해하고 있으니까.

이야기 규모가 지나치게 커졌다고 느끼고는 있었다.

어설프게 연관되면, 마지막까지 빠져나올 수 없을 법한 규모의 이야기다.

"아~아. 귀찮아졌구만. 말을 안 거는 편이 좋았으려나?"

"절 왕도로 데리고 갔으면 좋았잖아요."

"그건 할아범이 설명했잖아. 어둠의 대정령은 너에게 명백히 강한 흥미를 품고 있었다고. 너도 모르는 건 아닐 텐데. 어둠의 대정령이 재능 있는 마법사를 발견해서는 제국으로 데리고 돌아간다는 사실을 말이야. 지금까지 수많은 다리스의 마법사가 어둠의 대정령에 심취해서 북으로 건너갔지."

알고 있다.

어둠의 대정령은 콜렉터다.

그녀의 개인실에는 세상 희귀한 아이템이 비좁게 수집되어 있다.

그 콜렉션에는 인간도 포함되며, 초일류 마법사만이 그녀의 눈에 든다. 그러고 보니 모로조프 학원장님도 젊었을 때 제국에서 그녀에게 가르침을 받은 적이 있다고 했던가?

애니메이션 속에서는 슈야나, 빛의 수호검에 집착했었지.

"그렇지만 그런 말을 할 때가 아니잖아요. 제국의 최대 전력이 로열 나이트를 세뇌했으니까요."

"어이쿠, 목소리가 크다. 그러니까 그 이상은 안 된다고 말했잖아. 그리고 끝난 이야기를 들쑤시지 마라. 연락 한 번 안

한 것은 미안하다고 생각하지만, 정보가 정보다. 종이에 남기는 것도 꺼려진다."

선생님이 황급히 주위를 둘러보았다.

"주위를 좀 봐라. 다들 평화를 만끽하고 있잖아. 데닝, 내가 돌아올 수 있었다는 건 사태가 어느 정도 진정됐다는 뜻이다. 그러니까 아무 걱정 마라. 적어도 그 뒤로 마녀는 아무것도 안 했다. 무슨 일을 저지른다고 해도, 대책은 완벽해. 그놈은 손 댈 수 없어."

걱정하지 말라고 해도 말이죠오.

상대는 그 삼총사. 그 녀석이 진심으로 전쟁을 바라는 것이다.

그런데 어째서 선생님은 진정할 수 있는 거지?

어둠의 대정령이 전면적으로 협력해 주니까?

분명히 도스톨 제국의 움직임은 어둠의 대정령이 어떻게 행동하느냐에 달려 있다. 그 녀석이 휴전을 바란다면 제국은 움직이지 않는다. 일개 전사인 그 마녀 따위는 아무래도 좋다는 건가?

"이것저것 생각해 봤자 소용없다. 왕도에 있는 녀석들이 어떻게든 할 거야. 그리고 이건 너를 위해서이기도 하다."

"저를 위해서, 말인가요?"

"데닝. 너도——캐물으면 켕기는 속내가 있을 거 아니냐."

그럼 또 보자. 가볍게 인사를 하고 물러가는 로코모코 선생님의 커다란 등을 바라보면서, 나는 굳어 버렸다.

"……."

　켕기는 속내라고?

　이거 참 의미심장한 말이다. 그렇지만 짚이는 것이 하나 있
었다.

　그것은──샬롯의 정체.

　"에이, 설마."

　그날, 그날 밤.

　유우기리 선생님에게 샬롯의 정체를 들켰다.

　결정타는 어둠의 대정령을 향해서 시끄럽게 떠들어댄 바람
의 대정령 씨였다.

　"야, 로코모코 선생님이 있다!"

　"유우기리 선생님이랑 같이 왕도에 돌아갔었잖아! 만나러
가자!"

　그렇지만 샬롯과 둘이서 이야기를 나누고, 생각해 봤자 소
용없다는 결론이 나왔다.

　흐름에 몸을 맡기는 것도 때로는 중요하다. 샬롯을 안심시
킬 방편이기도 했다.

　그리고 유우기리 선생님은 안 좋은 일을 막아내겠다고 우리
에게 약속해 줬으니까.

　그 사람을 얼마나 믿을 수 있는지는 모르겠다. 그래도 우리

는 그 사람의 목숨을 구해 줬다. 대체 유우기리 선생님은 폐하에게 어디까지 보고했을까?

"……뭐, 최악의 사태는 충분히 각오했어."

이럴 때는―― 역시 그게 딱이지.

"꾸…………꾸후우우우우우우."

딱히 울부짖는 거 아니거든?

전력으로 바벨을 들어 올리는 것뿐이야.

모든 것은―― 술래잡기에서 축 늘어져 버렸던 어리석음을 다시 반복하지 않기 위해서다.

체력을 기르기 위해서.

"꾸후우우우우우우우우우우우우우우우우우우우우."

웨이트 트레이닝은 좋아. 나를 배신하지 않거든.

문제는 없다. 어둠의 대정령도 아군이 되었고, 왕도에는 가디언인 돌프루이를 필두로 강자들이 모여 있다. 빛의 대정령도 _{레크트라이클} 있고, 제국의 마녀 한 명 정도는 대단치 않을 거야.

"후우우…… 후우, 후우꿀?"

"――야, 알리시아! 왜 내 빚이 늘어난 건데? 분명히 이상하다니까! 어떻게 계산하면 이렇게까지 불어나는 거냐고!"

내가 세상을 걱정하고 있는데, 누군가의 느긋한 목소리가 들렸다.

바벨을 들어 올리며 그쪽을 봤더니 2인조가 다가왔다.

오. 바벨을 든 채 서 있는 것도 꽤 운동이 되네. 이거 괜찮은데?

"슈야! 너 말야, 벌써 잊었어? 그 바보 같은 여행에 어울려 준 탓에 준비에 돈이 얼마나 들었는지 알아? 그것도 당연히 전부 포함했지!"

"이미 합의가 된 거잖아! 가기 전에 너도 꽤 신났잖아!"

"뭐가 신이 나! 나는 네가 걱정되니까 따라간 것뿐이야!"

"그렇다고 해도 이 액수를 어떻게 갚냐!"

그래요, 알겠습니다. 참 사이좋으시네.

서키스타 왕국의 유폐에서 도망쳐 나온 알리시아는 일이 꽤 잘 풀린 모양이다.

또다시 고향에서 벗어나, 학원생활을 만끽하고 있으니까.

"어떻게고 뭐고, 됐으니까 갚아! 그 점이라도 쳐서! 슈야, 그 수정으로 돈벌이를 하던 건 왜 그만둔 건데! 다시 시작해!"

"그 수정은 저주받은 매직 아이템이었단 말야! 버리면 용서하지 않겠다는 목소리가 들리니까 가지고는 있지만, 그걸로 점치는 건 이제 안 해!"

슈야는 이제 중얼중얼 혼잣말을 속삭이는 일도 없어진 모양이다.

제대로 된 인생을 보낼 수 있겠지.

나야 수정을 버렸으면 했지만, 그건 너무 많이 바라는 건가.

그렇게까지 하면 수정 안에 잠든 불의 대정령도 어떤 수단을 쓸지 모르니까.

"잘 들어, 슈야! 일단 이번 달 말까지는 10분의 1이라도 좋으니까 갚아!"

"그게 힘들다니까!"

샬롯마저도 피해 다니는 지금의 나에게는 참으로 부러울 따름이다.

그런데 저 두 사람, 앞으로 어떻게 되는 걸까?

애니메이션에서는 제국과 전쟁을 치르며 두 사람의 관계가 깊어졌으니까.

이대로 평화롭게 지내면 연인이 되는 일은 없는 걸까?

으…….

움찔움찔. 바벨을 들어 올리고 있던 팔이 내려갔다.

시시덕거리기는…… 어째서 내가 저 녀석들의 장래를 고민해야 하는 건데!

이쪽은 안 그래도 벅찬데!

"슈야! 한 번에 갚지 않아도 되니 조금씩이라도 갚아! 약속이야! 아, 그렇지! 종이에다 각서 써! 말로만 약속하면 불안하니까!"

불안, 불안이라.

유우기리 선생님한테 정체를 들킨 샬롯이 느끼는 불안은 나랑 비교가 안 될 거야.

왜냐하면, 정체가 밝혀지면 휴잭 왕가 부흥이라고 하면서 떠받들 가능성도 충분히 있기 때문이다. 그러나 샬롯은 그런 미래를 전혀 바라지 않는다.

"──그렇군!"

이해했다.

웨이트 트레이닝을 하느라 그런 샬롯을 홀로 남겨두었다는 현실을.

나야 웨이트 트레이닝이라는 스트레스 해소법이 있었지만, 샬롯은…… 아부것노 없었다.

"이러고 있을 수 없네꿀."

샬롯은 지금도 불안에 짓눌리고 있을 거야.

어째서 샬롯의 마음을 깨닫지 못한 거지!

아아아아, 나란 놈은 또 얼마나 큰 죄를.

이럴 때 곁에 있기 위해서, 나는 오랫동안 칠흑 돼지 공작으로 지낸 거였잖아!

미안, 샬롯. 지금 당장 갈게!

오늘 아침 일을 기억하고 있을지 모르겠다.

분명히 눈이 마주쳤다고 확신했는데, 샬롯이 도망가 버렸던 그 일이다.

이제 이건 의혹 같은 게 아니다.

그렇다면 확인하러 가자.

지금까지는 반신반의했지만, 지금 나는 순백에서도 성장한 반짝반짝 돼지 공작이다.

그래서 나는 앞뒤 안 가리고 샬롯이 사는 여자 기숙사를 향해 갔다.

"데, 데닝 님이다. 저기 좀 봐, 저 모습…… 공작가 사람들은 살벌한 사람만 있다고 생각했었는데…… 데닝 님은 다르네……."

"저 사람이 리얼 오크였다니…… 분명 꿈이나 그런 거 아니었을까?"

"듬직해지셨어. 과한 감이 들긴 하지만…… 그것도 데닝 님답다고 해야 할까?"

행동력 있는 뚱땡이. 그것이 지금의 나다. 순백 돼지 공작이 아니라 앞뒤 안 가리는 돼지 공작이란 말이지.

그나저나 여자 기숙사에 오면 입지가 좁군.

누군가에게 샬롯을 불러 달라고 할까?

한가로워 보이는 여자애한테 말을 걸려고 하는데, 반대로 저쪽에서 내게 말을 걸었다.

"저기…… 샬롯, 불러드릴까요?"

"꿀!"

여기서 기다려도 끝이 없다.

나는 커다랗게 커다랗게, 고개를 끄덕였다.

"──자, 잠깐만요! 스로우 님, 이러시면 정말로 곤란해요!"

그리고, 샬롯이 금방 나왔다.

"내가 오면 무슨 문제라도 있어?"

"딱히 그런 건 아니지만…… 아아, 참, 이쪽으로 오세요!"

샬롯의 재촉에 따라 그 자리에서 물러났다.

분명히 다들 나랑 샬롯을 흥미진진하게 보고 있는데, 나는 이미 이 정도로 당황하는 남자가 아니거든. 일직선 돼지 공작이니까.

"샬롯, 요즘 나를 피하지 않아? 오늘 아침에도 완벽하게 무시했잖아."

"그건 저기…… 뭐라고 해야 할까요. 그러니까 말이죠…… 딱히 무시하는 건 아니고 말이죠……. 그보다도 아까 같은 일은 정말로 하지 마세요! 스로우 님이 있으면 다들 깜짝 놀라잖아요!"

"뭐? 나를 막 괴물인 것 처럼 말하네…… 분명히 옛날에는 걸어 다니는 오크였을지도 모르지만, 요즘엔 꽤 멀쩡해졌다고 생각하는데."

"그, 그런 뜻이 아니라 말이죠! 여기는 스로우 님 같은 고귀한 사람이 오는 장소가 아니라고 할까요……."

"……그야, 분명히 귀족 애들은 안 올지도 모르지만."

"이상하잖아요! 스로우 님은 남들이 자기를 어떻게 생각하는지 좀 더 자각해 주세요!"

"어, 나, 또 무슨 짓 했나?"

기억 안 나는데.

누구를 괴롭힌 기억도, 학원에 몰래 숨어 있던 악당을 해치운 기억도 없다. 그냥 일반인, 평범한 데닝 씨로 지냈을 텐데.

"거, 거짓말이죠…… 스로우 님. 그만한 일을 해놓고서, 자, 자각이 없는 건가요……."

"전혀 없는데. 요즘 나는 꽤 멀쩡했잖아."

샬롯은 머리를 감싸 쥐는데, 나는 진짜 자각이 없거든.

"그러면 말씀드릴게요……. 스로우 님은! 대체 얼마나 정신없이 트레이닝을, 그것도 기괴한 소리를 지르면서 할 셈인가요!"

"어? 다이어트가 어떻게 관계가 있는 건데?"

"쉬는 날은 아침부터 밤까지 한곳에서 계속 트레이닝 트레이닝 트레이닝. 스로우 님이 트레이닝 장소로 삼은 교사 뒤편을 뭐라고 부르는지 아세요? 들어가면 엉망으로 두들겨 맞는 용병 스로우 데닝의 살육장이에요!"

"오, 오해야, 샬롯. 그건 내 도구를 훔치려는 녀석이 있길래, 두 번 다시 나쁜 짓을 못하게 조금 혼쭐을 내준 것뿐인데——."

분명히 몇 번인가 그런 일이 있었지.

내가 마법으로 만든 기구들이 있는데, 애호가한테 팔면 꽤 괜찮은 금액이 붙을 그 도구를 훔치려는 녀석이 있길래 함정을 설치했거든. 그리고 함정에 걸린 얼간이가 있었지.

"그러니까, 그게 과하다는 거예요! 장난치지 마세요! 요즘

스로우 님은 먹는 것도, 예전하고 달리 몸에 좋은 것만 고르고 있잖아요!"

"그야 그렇지. 나도 공부를 했으니까."

아무리 식사에 목숨을 거는 나라도 이제 살찌는 건 싫어!

요즘 나는 다이어트나 웨이트 트레이닝만 하는 게 아니다.

자기관리에도 눈을 떴단 말이지. 모든 어리광을 버렸다. 그런 결심이 내 트레이닝 스페이스에 충만해 있다. 그런 분위기에 학원 녀석들이 겁먹은 거겠지.

"그리고! 또 한 가지 있어요!"

"또 한 가지?"

"스로우 님은 근육주의자가 돼 버렸지만, 어엿해진 것도 사실이에요! 그러니까, 그게…… 요즘엔 이제…… 완전히 자립을 해 버려서……."

"……해 버려서?"

"──저, 저 같은 건! 이제 스로우 님한테 필요 없잖아요!"

없잖아요, 지금의 스로우 님한테 종자 같은 거 필요 없잖아요.

그런 잔향을 남기고, 샬롯은 여자 기숙사 방향으로 달려가 버렸다.

●

"샬롯. 혼란스러운 모양이네……."

트레이닝 스페이스로 돌아와 혼자 생각했다.

지금까지보다 한층 커다란 바벨을 들어 올리면서 생각했다.

내가 자립했다고?

뭐, 분명히 요즘에는 어엿해진 모습을 보여주고 싶어서 필요 이상으로 노력하긴 했지.

덕분에 지금의 나는 알리시아에게도 봐줄 만하다는 평가를 받고 있었다.

그 알리시아가 그렇게 말했다는 건 대단한 일이다.

"내가 자립하면 샬롯이 있는 의미가 없어진다고 생각하는 걸까? 전혀 그렇지 않은데……."

다이어트를 위해서 소소하게 자취도 시작하긴 했다. 트레이닝 틈틈이 만든 닭 가슴살 요리도 먹고, 몸에 좋은 것을 적극적으로 도입하고 있었다.

내 트레이닝 스페이스가 모두에게 살육장으로 불리는 건 그렇다 치고, 분명히 요즘 들어 샬롯에게 신세를 지지 않았을지도 모른다.

"하지만 그건 말이지……."

전에 샬롯 너한테 살을 빼면 하고 싶은 말이 있다고 했잖아.

고백 같은 말을 해 버렸으니까.

그때는 샬롯도 상당히 감동한 것처럼 보였다.

마녀 사건 이후로 그 이야기가 흐지부지되어 버렸지만 나는 안 잊었다.

"그렇게 생각하면 혹시 나, 샬롯에게서 독립했을지도 모르겠네."

샬롯이 말한 것처럼, 나는 조금씩이지만 그녀의 손을 벗어나고 있었다.

"로코모코 선생님! 유우기리 선생님이 누구를 높게 평가했는지 가르쳐 주세요!"

로코모코 선생님이 복귀한 탓에, 마법연습 수업은 평소에는 땡땡이치는 녀석들까지 죄다 출석하는 이상사태가 일어났다. 유우기리 선생님이 미래의 로열 나이트를 찾으러 왔다는 소문. 한 학생이 그 진위를 묻자 로코모코 선생님은 어떻게 알았냐고 너무나도 솔직하게 반응해 반의 분위기가 달아올랐다. 너도나도 누가 선발됐냐고 물어보면서 선생님을 포위하고 있었다.

그렇지만, 나는 유우기리 선생님이 누굴 고평가했는지 전혀 흥미가 없다.

"……자립이라아."

샬롯의 말이 묵직하게 나를 짓누르지만, 그 밖에도 이유가 있다.

샬롯이 수업 참가 허가를 받았으니까, 나를 보살피느라 시간을 쓰지 않길 바란 거다. 나는 그녀에게 종자란 역할을 강요할 생각이 없다. 하고 싶은 일이 있으면 하면 되고, 배우고 싶은 게 있으면 얼마든지 배우길 바란다.

"선배, 왜 그러세요? 한숨 같은 걸 쉬고. 뭐 늘 있는 일이지만요. 그보다도 노골적으로 저를 힐끔힐끔 보는 게……."

"구, 구세주님이 오셨다."

"선배. 지금 저를 구세주라고 했어요?"

"아, 아니…… 혼잣말이야. 티나."

왔습니다, 왔어요. 와 버렸어요.

내가 벽에 부닥쳤을 때, 언제나 나에게 적절한 길을 제시해 주는 평민 소녀.

아니지, 소녀가 아니라 여신님, 구세주님. 활기 100배의 1학년. 하급생인데도 나는 고개를 들 수가 없다.

친구라기보다는 인생의 대선배라고 부르는 편이 좋을지도 모르겠다.

학원장님 일행이랑 왕도에 가지 못하고 스트레스로 거칠어진 나에게 길을 제시해 줬기 때문이다.

그럴 때는 몸을 움직이는 게 좋다고 말해서 웨이트 트레이닝의 길을 제시해 준 사람 역시 티나였으니까.

"하지만 선배. 상당히 탄탄해졌네요. 가까이서 보면 다른 사람 같아요. 그런데 무슨 용건 있나요?"

"있지 티나. 내가 자립했다고 생각해?"

"자, 자립? 왠지 갑작스럽네요."

티나는 내가 아는 사람들 중에서 가장 듬직하게 학원생활을 헤쳐 나가는 사람이다.

사람들은 운석이 떨어졌다고 생각하는 그날, 마녀와 싸운 그날 밤.

학원에서 열리는 축제에서 1년 치 학비를 챙겼다니까요, 이 여자애.

과연, 그런 티나가 보기에 나는 어떤 식으로 보이는 걸까?

공작가의 직함으로 쉽게 학원 생활을 보낸다는 인상일까?

"요즘 선배는…… 자립, 한 거 아닐까요? 왜냐면 선배, 무인 도 같은 곳에 던져 놔도 살아갈 수 있을 것 같아요."

"그, 그래?"

"네! 애당초 자립 정도가 아닌 것 같아요."

생각보다도, 뜻밖에 평가가 좋았다.

"그리고 요즘엔 굉장히 반짝반짝하는 것처럼 보이는걸요."

"바, 반짝반짝? 아무리 그래도 농담이 지나쳐."

나는 반짝반짝하고는 가장 거리가 먼 인간이잖아.

건강한 몸 상태가 됐다고 생각은 하지만, 꾸물~하는 묵직한 분위기를 두른 것이 바로 나다.

"있잖아요, 선배……. 딱 잘라 말해서 너무 변했거든요? 분 명히 저는 운동이 스트레스 발산에 좋지 않을까요~ 같은 말 을 했지만요, 과해요! 선배가 지르는 그 괴성 탓에 이번에는 사이클롭스가 됐다고 다들 수군거리거든요?"

"사이클롭스라아. 그렇게까지 근육질이 되진 않은 것 같은

데……. 하지만 그거, 반짝반짝하고는 정반대 아냐? 나한테 말을 거는 사람이 점점 줄어들고 있잖아…….”

“하아~. 전부터 생각했는데요. 선배는 어째서 그렇게 자신이 없는 건가요? 사람들은 선배가 극단적이라 말을 안 거는 거라고요! 고작해야 1개월 만에 통통한 체형에서 사이클롭스까지 단련하는 사람이 어딨어요!”

“여기 있는데…….”

“지금 선배에게는 자신감이 압도적으로 부족해요! 그렇지. 이번 수업이 끝나면, 지금부터 아무 여자애한테 말을 걸어서 차 한잔하자고 초대하세요! ……그렇네요, 저 애 어때요?”

“어?”

티나는 화사한 여자애 집단의 중심에 있는 아이를 가리켰다.

붉은 머리를 트윈 테일로 정돈한 자그마한 몸. 떨어져 있어도 잘 들리는, 다른 사람을 매료하는 목소리. 나랑 같은 2학년인 백작가의 아가씨로, 학원에서도 살짝 눈에 띄는 그룹의 중심에 있는 소녀다. 얘기해 본 적은 없지만 나는 저 애를 알고 있었다.

애니메이션에서도 슈야의 학원생활이 중심이었던 초기에 자주 나온 여자애로, 이름은 로레느다. 시골 출신이라 억양이 조금 특이한 귀여운 여자애인데 남자들에게 상당한 빈도로 고백을 받고 있지만, 자기보다 위라고 생각하는 남자에게만 아양을 떠는 철벽의 여자애이기도 하다.

솔직히, 상대에 대한 평가가 태도에 노골적으로 드러나서 상당히 거북한 타입이다.

"저 애를 초대하라고? 다, 당연히 무리지!"

"아니 아니, 진짜로 잘될 거라니까요! 그보다 저 애, 알고 있 었어요?"

"알고는 있지만…… 저 애는 안 돼. 지금까지 몇 명이나 남 자를 울렸잖아."

"그러면 절호의 상대잖아요! 저 애가 선배를 상대해 주면, 학원 전체에서 선배를 보는 눈이 바뀔 거예요! 선배는 묵직한 바벨을 드는 것보다 해야 할 일이 있을 거예요!"

"아니, 그렇지만!"

"세상은 평화로워졌어요. 선배가 더 이상 강해질 필요도 없 고, 이번에는 커뮤니케이션이에요! 멋진 모습을 보여주세요!"

●

반론은 티나에게 차례차례 기각당했다.

초대한 다음에는 어떡해야 할지 모르겠다고 하자 티나는 귀 족들이 자주 간다는 학원의 가게를 예약해 줬고, 무슨 이야기 를 하면 좋을지 모른다고 하자 "근육은 왜 키운 건데요! 선배 는 그냥 당당한 태도로 앉아 있으면 돼요!"라고 단언했다.

어제까지 한마디도 대화를 나눠본 적이 없는 여자애. 그것 도 남자들에게 필요 이상으로 엄격한 로레느. 너무나도 급전

개라서 머리가 터질 것 같았지만, 구세주님의 지시라서 따르는 수밖에 없었다.

"——저, 사실은 데닝 님의 노력하는 모습에 감탄했어요!"

"그, 그렇구나! 영광인걸."

"저기, 데닝 님. 이것도 맛있답니다?! 드시겠어요?"

그런데 이건 대체 어떻게 된 일이지? 나 지금 누구랑 얘기하고 있는 거야.

로레느는 아양 떠는 타입의 애니메이션 캐릭터다.

모두가 눈여겨보는 상대에게는 꼬리를 치고, 아무래도 좋은 상대에겐 냉담한 태도.

애니메이션에서 슈야가 영웅이 된 뒤부터 가까워지려고 획책하지만 상대해 주지 않는 그런 캐릭터다. 나쁘게 말하면 학원의 서열에 충실하다.

그러니까 티나가 고른 상대는 지금 학원에서 내 위치를 알기에는 최적의 상대라는 것이다. 역시 티나야. 그 로레느를 고르다니 잘 알고 있다.

"미안. 간식은 점심때 말고는 안 먹는다고 굳게 결심했거든."

"과연 대단하세요! 데닝 님이 스스로에게 엄격하다고 듣기는 했지만 납득했어요…… 데닝 님! 팔을, 만져 봐도 괜찮을까요?!"

"어, 어어? 내 팔? 딱히 닳는 것도 아니고, 괜찮은데……."

"그러면 실례를…… 와아! 그 말랑말랑했던 팔이 이렇게 탄탄

하게, 믿을 수가 없어요……. 대체 어떤 마법을 쓰신 건가요?"

저기, 로레느? 황홀한 표정으로 나를 찰딱찰딱 만지는데, 혹시 변태야?

그러나 나는 로레느의 이런 달콤한 목소리를 애니메이션에서도 들어본 적이 없었다. 애니메이션에서는 집안의 격이 떨어지는 슈야에게 심술을 부리는 캐릭터였는데, 그때의 너는 대체 어디 간 거야!

"로레느 씨. 가까워, 가깝다니까!"

"부디 저는 그냥 로레느라고 불러 주셨으면 해요. 친구들은 다들 그렇게 부르니까요!"

"아, 알았으니까! 가깝다니까! 아아──!"

지금까지 티나의 조언은 모조리 들어맞았다.

그래서 나는 긴장으로 몸이 찢어질 것 같으면서도 로레느에게 말을 걸었다. 이다음에 잠깐 시간 있으신가요, 라고.

그랬더니 이 모양이다.

"가까워, 가깝다니까!"

"전혀 가깝지 않아요! 이 정도는 친구들 사이에서는 당연하니까요!"

설마 그 로레느가 나에게 이 정도로 아양을 떨 줄이야.

이건, 학원에서 내 평가가 최대치에 가깝다는 걸 의미하는 것이었다.

●

"……."

밤. 나는 머리를 감싸 쥐었다.

티나가 말했던 그대로의 결과가 나왔으니까.

그 로레느랑 무지막지 즐거운 시간을 보냈으니까.

그다음에 나는 티나에게 처음부터 끝까지 보고했다.

티나도 티나대로 이 정도의 전과를 올릴 거라고 기대하지는 않았던 모양이다.

"그 애가 그 정도로 스킨십을 하다니, 슈야 상대로도 안 그랬는데……."

말을 건 당초에 로레느는 나를 무시하려고 했다.

그러나 추종자들 중 한 명이 데닝 님이라고 이름을 말한 순간 그녀는 굳어 버렸다.

그리고 내가 티나 말에 따라 차를 마시자고 했더니 우뚝 멈춘 것이다.

그녀는 "저 말인가요?" 하고 몇 번이나 확인하고서, 내가 그녀를 초대하는 거라고 확실하게 말하자 작은 목소리로 "……네." 하고 수긍했다.

"하지만 로레느, 처음에는 역시 엄청나게 긴장했었지."

그 알리시아하고도 싸운 적이 있는 그녀가 나를 상대로 완전히 얼어붙었다.

처음에는 눈도 안 마주쳤고, 대화의 주도권은 언제나 나한테 있었다. 애는 나랑 대화하는 게 어지간히 재미없는가보다 싶어서 오늘은 이쯤 하자고 말하자, 그녀는 맹렬하게 사과하더니 이후로는 평소와 같은 기세를 되찾았는지 즐거운 대화가 진행됐다. 마지막에는 다음 만남 약속까지 해 버렸다.

『그렇게 된 거예요. 선배, 지금 자신의 위치, 자각하셨나요?』

차를 마신 다음 티나에게 전체 상황을 보고했더니 나온 말이었다.

내가 어지간히 이해 못하겠다는 표정을 지은 거겠지. 티나는 나더러 방으로 돌아가면 맨 먼저 거울을 보라고 했다. 찬찬히, 자세히 보란다.

성큼성큼 일어서서 거울 앞에 갔더니 거기에는.

"……이 용병은 누구냐…… 어, 나야?"

우락부락하게 생긴 사이클롭스가 있었다.

분명히 지난 1개월, 마녀와의 싸움에서 체력이 바닥날 뻔한 것을 반성한 나는 정력적으로 몸을 단련해 왔다. 그 트레이닝 스페이스에 있는 한 언제나 전장에 있는 것처럼 가슴에 기합을 품고 자신의 몸을 몰아붙였다. 그 결과가 이 탄탄한 보다.

"진짜냐…… 샬롯이 과하다고 화낼 만하네……."

그리고 하룻밤, 나는 머리를 감싸 쥐었다.

내 콤플렉스는 살이 쪘다는 거였다.

그래서 뚱땡이 상태로 샬롯에게 고백하는 건 불가능하다고 생각했다.

그래서 한시라도 빨리 살을 빼려고 노력한 것은 분명하지만, 이건 너무 변했잖아.

나는 칠흑 돼지 공작이 됐을 때도 그랬지만, 한번 마음먹으면 앞뒤 안 가리는 면이 있었다.

그렇지만, 이건 명백하게──과했다.

"어이, 데닝. 뭐 좋은 일이라도 있었냐? 표정이 풀려선, 뭔일이야?"

오랜만에 받는 로코모코 선생님의 마법학 수업.

교과서에 의지하지 않는 선생님의 감각적인 수업 방식은 그럭저럭 공부가 된다고 높게 평가하고 있었다. 그러나 오늘은 내용이 머리에 안 들어왔다. 원인은 그거다.

어제 가진 티타임. 뜻밖에도 즐거웠던 추억에 잠긴 상태니까.

"푸, 풀어지지 않았습니다. 선생님. 아무렇게나 말하지 마세요."

누가 헤실거린다는 거야?

나는 화끈한 상남자. 고작해야 여자애랑 카페카페한 정도로 헤실거리지 않는다.

괜한 말을 하는 선생님을 찌릿 노려보았다.

"소문으로 들었다. 데닝 너, 그 로레느 양한테 손을 댔다고 하던데."

"잠깐……."

무심코 일어서 버렸다.

손을 대다니……. 어제는 그냥 대화를 나눴을 뿐이다. 손을 댔다고 하는 건 어폐가 있다.

게다가 수업 중이다. 다들 듣고 있잖아. 보라구. 뭔가 웅성거리기 시작했어.

선생님, 왜 싱글싱글 웃는데요……. 성격이 나쁜 것도 정도가 있어야지…….

그러나 지금 소란을 피우면 공작가의 인간의 위엄이 사라져 버리니까, 나는 지극히 스마트하게 선생님의 말을 무시하고 자리에 앉고자 했다.

"게다가 다음 약속까지 잡았다며? 데닝. 너도 참 나쁜 남자야."

"잠깐! 선생님! 그건 그냥 농담……."

너무나 뜻밖의 사태에 다시 일어섰다. 정보가 너무 유출됐잖아.

이 사람 어디까지 알고 있는 거야. 더 이상 말하면 위험하다.

마법, 마법을 써 버릴까? 마법으로 저 입을 막아 버려도 되지 않을까?

"데닝은 좋겠다. 지금 저 녀석이라면 누구든지 골라잡을 수 있을 테니까."

"그나저나 로레느인가. 상대가 데닝이라면 승산이 없단 말이지."

다들 제멋대로 지껄여댄다.

로코모코 선생님이 시작해 버린 탓에 다들 대의명분을 얻어 버렸나 본데.

당황하는 나를 보고 씨익 웃는 선생님이 악마로 보였다.

분명 지금까지 나에게는 가슴 설레는 이야기가 전혀 없었지 만…… 이건 아냐!

그냥, 티나 말에 따라서 초대한 것뿐이야. 그녀에게는 호의 도 없다. 애당초 나는 이 세계에서 그 애랑 대화한 것도 처음 이란 말야. 뭐, 스킨십에는 좀 가슴이 뛰었지만.

"헤에, 그랬었구나. 농담이었구나."

"그래요! 농담입니다!"

"──그렇다고 하네. 데닝의 종자."

"어…… 샤, 샬롯!"

"스로우 님…… 수업 중인 것 같지만, 할 말이 있어요. 따라 와 주세요."

복도에서 턱턱 교실로 들어오는 종자 씨.

이래선 완전히 구경거리잖아. 이보다 창피한 일이 있을까?

그러나 그녀는 자국이 남을 정도의 강한 힘으로 내 팔을 붙 잡고 놓지 않았다.

"아니야, 아니라니까! 나는 결단코, 그런 가벼운 마음으로 로레느를———."

"스로우 님. 벌써 그 사람을 친근하게 부를 정도의 사이가 됐네요. 저, 놀랐어요. 스로우 님이 그렇게까지 여자를 밝힐 줄은……."

"그러니까 여자를 밝힌다든지 그런 게 아니라니까!"

자국이 남을 정도의 강한 힘으로, 샬롯은 내 팔을 붙잡은 채 놓지 않았다.

위험해.

이건, 위험해.

이유는 모르겠지만 샬롯이 무진장 화났다. 빈 교실의 책상에 쌓여 있는 교과서를 보니, 샬롯이 수업을 빼먹고 나를 우선할 정도로 화났다.

"샬롯. 아니야! 그건 농담이라고 해야 할까! 그래, 농담! 상대도 절대 진심이 아니라니까! 일단 진정하고 내 얘기를 좀 들어봐! 들어주세요!"

"헤에. 농담으로, 카, 카, 카, 카페에서 몇 시간이나 이야기를 하는 건가요! 저도 스로우 님이랑 간 적이 없는데 말이죠! 표정이 헤벌레 풀려서 싱글벙글했다는 목격 증언이 잔뜩 있는데요!"

"어, 어어?! 아냐 아냐! 절대 아냐! 오해야!"

"게다가 다음 약속까지 했어요! 처음부터 계획한 거잖아요.

완전히 즐겼잖아요! 게다가 로레느 님은 스로우 님이 말을 걸어준 걸 여기저기서 다 얘기하고 다녀요. 이제 다들! 크루슈 마법학원에 빅 커플이 탄생했다고 소란을 떨고 있거든요!"

"어. 그래? ……아니 샬롯, 커플 탄생이라니 이야기가 너무 빠르잖아!"

"아! 커플이라는 것 자체는 부정하지 않네요, 스로우 님!"

"진정해! 복도에서 다 보고 있잖아! 공작가의 권위가 떨어져 버린다구!"

"스로우 님이 떨어뜨리셨거든요!"

샬롯이 이성을 잃고 사람들 앞에서 나를 야단치는 일은 거의 없다.

웬만하면 언제나 나를 추켜세워 주는 모범 종자이니까. 그러나 지금은 아니다.

샬롯이 이렇게까지 하는 건 어지간히 큰 사태라는 뜻이다.

"그리고 어째서 그렇게 빨리 소문이 퍼지는 거야! 이거 어제 이야기잖아!"

"스로우 님은 지금 자신을 여자애들이 어떤 눈으로 보고 있는지 좀 더 자각을 해주세요! 요즘에 거울로 자기 모습을 보신 적 있나요?!"

"어제 오랜만에 봤어. 왜냐면 거울은 내 추한 모습을 비추는 지독한 물건이니까……. 아, 아니, 아니야 샬롯! 그 주먹은 내리자! 나는말이지그저지금자신이——."

"스로우 님."

간담이 서늘해지는, 낮은 목소리.

샬롯, 얼굴이 웃질 않는데. 아. 붙잡힌 팔이 진짜로 엄청 아프다.

"저는 딱히, 스로우 님이 진심이라면 괜찮아요. 아무 말도 안 해요. 그렇지만……."

"……그렇지만?"

"──공작가의 품위를 떨어뜨리는 짓, 절대로 하지 마세요."

"아, 알겠습니다."

나는 공작가의 품위 같은 걸 그다지 신경 쓰지 않는 사람이다.

괜히 오랜 기간 칠흑 돼지 공작으로 지내며 공작가의 품위를 떨어뜨린 게 아니다.

"정말로 이해하셨어요?"

"이, 이해했어요."

그러나 샬롯은 다르다.

그녀는 내가 오크 흉내를 냈을 때도, 공작가의 이름이 떨어지지 않도록 이래저래 행동해 주었다.

그런 그녀니까, 최근 좀 멀쩡해진 내가 이번에는 양아치가 되어 버리는 것을 용납 못하는 거겠지. 그리고 나도 냉정하게 분석할 때가 아니잖아. 나에 대한 샬롯의 평가가 계속 떨어지고 있는데 이걸 돌이킬 되찾을 방법을 생각해야지. 요즘 괜히 거리감이 느껴지는데, 그런 참에 이래서는 너무 슬프다.

이미 샬롯에게서 신뢰를 되찾는 것을 불가능할지도 모른다.

원망하겠어, 티나 군사님. 아니, 뜻밖에 로레느에게 고평가 받았던 내 탓인가?

그렇게 샬롯에게 뭐라고 변명할지 필사적으로 생각하고 있을 때였다.

복도에서 누군가 큰 소리로 뭔가 소리치고 있었다.

"얘들아── 왕도에서 큰 사건이 터졌대!"

●

소문이란 것은 과장되기 마련이다.

그건 소문의 당사자가 되는 일이 많은 내가 가장 잘 알고 있다.

신용해선 안 된다. 안 되는 것이다. 그래서 난 학원에서 흐르는 소문 대부분을 흘려듣는다.

그렇지만 이번에는 조금 위험하다. 이야기 속에 흘려들을 수 없는 정보가 몇 가지 있었다.

"야, 그거 들었어? 왕도에서 터무니없는 사건이 일어났대……."

"목소리가 너무 커……. 나도 건너서 들은 거지만, 흉악한 녀석이 날뛰었다면서? 로열 나이트가 진압에 나섰는데 몇 명이나 부상자가 나왔다고 하더라. 소문으로는 카리나 공주님도 다쳤다고……."

빈 교실에서 바보처럼 소란을 피우던 나와 샬롯도 무심코 입을 다물어 버렸다.

짚이는 게 있기 때문이다.

그 마녀의 짓이 아닐까? 하는 것.

샬롯도 나와 같은 생각에 이르렀는지 얼굴이 파랗다. 로열나이트가 붙어 있으면서 카리나 공주가 다치다니 보통 일이 아니다. 그건 기사들의 호위가 돌파당했다는 거다. 강력한 힘을 가졌으며 또한 지금 다리스 왕실에 손을 댈 수 있는 상대는 내가 아는 한 몇 명 없다.

"스로우 님, 지금 그 이야기는 혹시……."

"소문은 소문이야. 아무 확증이 없어."

단언했다.

실제로 우리가 지금 여기서 생각해 봐야 답이 없다. 사건이 일어났다고 소문이 난 것은 여기서 멀리 떨어진 왕도이며, 학원에 있는 우리는 아무것도 못하니까.

"왕도의 수호는 철벽이고, 왕족이 사는 왕궁에는 레크트라이클이 있어."

그렇게 말하면서도 나 역시 불안했다.

그날 밤 그 장소에서 우리는 직접 마녀의 악의를 느꼈다.

마녀는 명백하게 각오하고 있었다.

그리고 나는 도스톨 제국의 삼총사가 가진 힘을 잘 알고 있었다.

왜냐하면 애니메이션에서 그 녀석의 동료가 미궁도시를 혼자서 뭉개버렸으니까.

아무리 그래도 제네라우스와 기사국가 다리스의 수도를 비교하면 이쪽이 훨씬 전력이 풍부하다. 아무리 삼총사 중 한 명이라지만, 이쪽에는 가디언을 필두로 로열 나이트에 수많은 병사들이나 그들에게 수호를 내리는 레크트라이클이 있다.

더욱이 지금은 어둠의 대정령마저도 이쪽에 붙어 있다.

"하지만……."

"괜찮아. 그 마녀 위에 선 어둠의 대정령도 있잖아. 마음 푹 놓고 있어도 돼. 그건 바람의 대정령 씨랑 관계만 봐도 알 수 있는 것처럼 차원이 다른 힘을 가진 존재니까."

"그, 그렇겠죠……. 저희가 불안하게 생각해도 어쩔 수 없겠어요……."

그러나 저 소문, 내용이 이상하게 구체적이고 진실에 가까운 것 같다.

무심코 불길한 상상을 해버린다.

왕도에서 무슨 일이 있었다고 해도, 왕족 부상은 로열 나이츠의 불상사다. 그 말디니 추기경이 로열 나이트 관련 정보를 유출하는 실수를 범할 거란 생각은 도저히 안 들어.

알고 싶다.

대체 그쪽에서 무슨 일이 있었는지 알고 싶다.

그러나 왕도에서 일어난 일을 그리 쉽게 알 수 있을 리 없다.

"아니, 잠깐……."

한 명 있었다. 오히려 분명히 알고 있을 법한 인물이.

여전히 태평한 느낌으로 최근 학원에 돌아온 그 사람이다.

"──선생님! 할 얘기가 있어요!"

로코모코 하이란드.

학원장님 및 어둠의 대정령과 함께 왕도로 여행을 떠났다가 최근에 돌아온, 애니메이션의 중요 인물.

"데닝! 너 어떻게 들어왔냐?! 요즘 학생들이 내 방에 이상하게 많이 찾아와서 자물쇠를 걸어놨는데?"

이번의 나는 진심이다.

반드시 로코모코 선생님한테서 진실을 캐낼 셈으로, 선생님 방에 온 것이다.

방은 여전히 지저분하구만. 선생님은 소파에 푹 파묻혀서 종이를 읽고 있었는데 내가 들어오는 것과 동시에 그걸 태웠다. 수상해, 그거 뭔데?

"자물쇠 트랩 같은 건 식은 죽 먹기입니다."

"도적 같은 말을 하는구만…… 그래서. 용건이 뭐냐?"

"말 안 해도 아실 텐데요."

"……내가 사정을 알고 있을 거라 생각한다면 큰 착각이다."

"선생님은 왕도에 갔었어요. 적어도 나보다는 많이 알고 있을 겁니다."

"분명히 그들과 함께 왕도에 갔었지. 그건 틀림없어. 그렇지만, 내 역할은 그들을 무사히 왕도까지 배웅하는 것. 그리고 마녀에게 당해서 만신창이가 된 옛 동료, 유우기리가 바보 같은 짓을 하지 못하도록 감시하는 것이었어. 실제로 왕도에 도착한 다음, 할아범은 내게 곧장 학원으로 돌아가라고 했다."

"그렇지만 선생님이 학원으로 돌아온 건 최근——."

"아아, 그거 말이냐……. 그건 말이다……. 이렇게까지 돌아오는 게 늦어진 이유는—— 놀러 다녔기 때문이다."

"……네?"

"생각해 봐라, 데닝. 그 어둠의 대청령이랑 같이 왕도로 갔거든? 한시도 마음을 놓을 수가 없었다. 내가 얼마나 스트레스를 받았는지—— 알 수 있겠냐?"

방에서 쫓겨나고, 본래 왔던 길을 걸었다.

나는 왕도의 소문만 확인하고 싶었던 게 아니다. 또 하나 확인하고 싶었다.

그건 예전에 로코모코 선생님이 말했던 켕기는 속내, 라는 거였다.

"……선생님은 모르는 건가?"

로코모코 선생님은 나에게 평소와 다름없는 태도를 보였다.

만약 샬롯의 정체가 들켰다면 평소랑 같은 태도로 나를 대하는 건 불가능.

분명히 로코모코 선생님은 학생들을 생각해 주며, 겉보기와 다르게 인격자다. 나를 배려해서 굳이 눈치 못 챈 시늉을 하고 있을 가능성도 있다. 그래서 미묘한 태도의 변화를 캐낼 예정이었는데.

"아니면 선생님에게는 정보가 내려오질 않았나? 왕실 관계자라고는 해도 지난 이야기니까……."

답이 안 나온다. 나올 리 없었다.

역시 이럴 거였으면 나도 왕도에 갔어야 했는데.

여왕 폐하 쪽이랑 직접 연관됐으면 이렇게 고민할 필요가 없었을 테니까.

"야── 여왕 폐하가 학원에 오신다는 소문, 들었냐?"

이런, 위험해.

그런 얼토당토않은 환청이 들릴 정도로, 나는 시름에 빠진 모양이었다.

2장 엘리노어 다리스

칠흑 돼지 공작 시절.

크루슈 마법학원에서 연관되기 싫은 사람, 랭킹 1위를 획득한 것처럼.

나 역시 이 세상에서 최대한 얽히기 싫은 인물이 있는 것이다.

지금까지 싸워 온 적 캐릭터는 모두 얽히기 싫은 인물로 분류되지만, 이 기사국가에서 말하자면 내가 지금 보고 있는 '저 사람' 이 단연코 톱이다.

"폐하! 엘리노어 폐하! 제게도 하늘의 시련을 내려주십시오~!"

"진짜다! 가디언님이랑 함께, 단둘이 대륙 횡단을 이룩한 영웅이다!"

아무리 그래도…… 어째서 여왕 폐하가 학원에 있는 거냐.

폐하가 학원에 온다는 이벤트, 애니메이션에서도 한 번도 없었다고.

예정 밖의 이벤트는 어떡하면 좋을지 모르니까 정말로 난처하단 말이다.

"폐하! 저, 대륙 횡단기 읽었어요! 사인해 주세요!"

천운의 축복을 받은 여왕 폐하, 엘리노어 다리스.

젊었을 무렵 가출하여 국내를 놀러 다닌다 싶더라니, 기사 한 명을 데리고 대륙을 횡단해 버린, 남방의 전설 중 전설.

뭉개 버린 악의 조직은 셀 수도 없고, 여기저기서 원한을 사고 있는 초 유명인.

"진짜로…… 본인이 등장했네."

그런 그녀가 지금 내 앞에 있는 것이다. 어떻게 안 놀라겠어.

마차 두 대가 수많은 로열 나이트의 호위를 받고 있다. 마차에는 이 나라의 왕족만 달 수 있는, 교차되는 백검의 엠블렘이 달렸다. 이건 완전 확정이다. 두 대 중 한 대에 여왕 폐하가 있다.

"에잇! 너희, 지나치게 흥분했다! 마차에 다가오지 마라! 누가 타고 계신지 이해하고 있는 거냐! 무슨, 그러나. 폐하……. 여기서부터 폐하께서 직접 걸어가신다고 한다! 로열 나이트들, 학생들을 마차에서 떼어내라!"

창밖에서는 지금 학원에서 화려한 퍼레이드가 개최되고 있었다.

폐하 일행이 별이 떨어진 학원에 위문을 온다는 이야기를 들은 지 며칠.

너무나 갑작스러운 사태에 이 학원은 어쩔 줄을 몰랐다.

게다가 얼마 동안 머무를 것이며, 그 날짜가 미정이라고 하니까 영문을 모르겠다.

학원은 휴가 중인 메이드나 요리사까지 소집하여 폐하를 만전의 상태로 맞이할 준비를 간신히 마친 참인데, 그러나 아무도 실제로 자기 눈으로 볼 때까지는 믿지 못했을 거다.

　다리스의 암흑 캐릭터, 엘리노어 다리스.

　각국에서 천운을 가졌다고 부르며, 젊었을 무렵에는 나라를 빠져나가 단 한 명의 기사와 함께 대륙을 횡단하는 위업을 이룬 여왕 폐하. 세계 각국에 신봉자가 있으며, 다리스가 남방 4대 동맹의 맹주가 될 수 있었던 것은 그녀가 있기 때문이라고 한다.

　폐하가 마차에서 내려, 학원에 내려섰다.

　──폭발적인 환성이 퍼진다.

　"하아…… 귀찮은 일이 안 생기면 좋을 텐데."

　폐하의 물 흐르듯 출렁이는 금발이, 군중 가운데에서 괜히 눈길을 끌었다.

　그런 영광스러운 사람인데, 나는 그다지 좋은 인상이 없었다.

　폐하는 어렵고 까다로운 문제를 무리하게 떠넘기는 사람이니까.

　통칭 「하늘의 시련」.

　폐하에게서 시련을 받은 자들 중에는 때때로 목숨을 잃는 자도 나온다. 그러나 누구나가 목숨을 걸고 도전한다. 시련을 달성한 자는 크게 성장하기 때문이다.

　가장 대표적인 예는 대륙 횡단에 도전한 가디언, 돌프루이 경일까.

나도 어렸을 때는 열중하면서 그 책에 푹 빠졌던 기억이 있다.

『엘리노어 다리스와 약골 기사. 로열 나이트가 된 것이 기적이란 말을 듣는 청년 루돌프를 단련하기 위해서, 엘리노어는 그를 데리고 대륙을 여행하기로 했다. 하늘 높이 우뚝 선 산을 넘어 다곤 사막을 건너고, 사람이 아닌 자를 타도하고 두 사람은 대륙을 횡단했다. 그 후, 기사 루돌프를 거느린 엘리노어는 사상 최연소로 당시의 가디언을 타도하고 여왕이 되어——.』

엘리노어 다리스는 애니메이션에서 슈야를 구세주로 추켜세우며 혹사시켰다.

평화로운 일상을 바라는 내가 보기엔, 최대한 얽히기 싫은 사람이다.

"……아무리 봐도 진짜란 말이지."

폐하 일행의 방문은 남자 기숙사의 4층에서도 잘 보였다.

새하얀 구름이 하늘을 헤엄치고, 온화한 날씨 아래 인파가 우글거린다.

목적은 다들 같다. 폐하의 모습을 한 번이라도 보기 위해서다.

그러나 그 여왕 폐하가 철벽의 수호를 자랑하는 왕도에서 나오다니. 국외라면 모를까 국내에 행차하는 일은 웬만하면 없다. 게다가 카리나 공주도 함께 있다니.

"기사들 구성이 엄청나던데…… 유명인들뿐이잖아……."

달튼 경이나 크슈나 경뿐이 아니다. 폐하 곁에 있는 것을 용납받은 가디언이나, 왕실기사 제일의 힘을 자랑하는 버니즈 경까지.

나는 가디언 건을 얼버무리고 있으니까 발견되면 위험하려나.

"추기경의 모습이 아무 데도 없는 게 마음에 걸리네……."

본래는 선두를 장식해야 할 그 남자. 로열 나이츠 단장인 요하네 말디니의 모습이 아무 데도 안 보인다. 대신 백마를 탄 가디언이 눈빛을 빛내고 있었다.

"으엑."

더욱이 시야에 싫은 녀석이 보였다. 앳됨과 요염함을 아울러 가진 덧없는 소녀가 마차에서 내린다.

그녀는 고상한 동작으로 하늘을 올려다보더니, 천천히 미소를 지으며 나를 보았다.

"……으."

큰일 났다. 눈이 마주쳤어. 저 녀석이 왜 저기 있는 거야.

저 녀석을 학원으로 데리고 오다니, 폐하는 무슨 생각이지?

나와 눈이 마주친 저 소녀는 도스톨 제국의 보스, 어둠의 대정령 씨였다.

대체 뭐가 시작되려는 거야. 나는 방구석에서 부들부들 떨었다.

●

"식전에 지각은 용서되지 않는다! 폐하나 가디언님을 가까이서 볼 기회는 평생에 한 번 있을까 말까 한 일이니까!"

"어서 강당으로 가자! 유스가 가장 앞줄을 확보했대!"

"폐하를 볼 수 있다! 식전 중에는 소란 피우지 마라!"

"알고 있다니까요, 다니엘 감독관 나리!"

크루슈 마법학원에는 때때로 높은 사람이 찾아와 강연을 한다.

그건 학원에 거액의 헌금을 하는 평민이거나, 타국의 높은 성직자거나, 요컨대 얼굴을 팔러 오는 것이다. 그런 경우 식전을 빼먹는 학생들이 꽤 많은데, 이번엔 다르다.

다들 솔선해서 좋은 자리를 확보하기 위해 서두르고 있었다.

"……후우."

일단 식전에는 모두 출석할 의무가 있지만, 나는 땡땡이치기로 했다.

솔직히 나는 모두들처럼 폐하의 방문에 흥분하지 않았다.

왜냐면, 솔직히 몇 번인가 만난 적이 있으니까.

내가 식전을 땡땡이치는 건 다른 이유.

"꿀꿀──."

작은 산들바람이 기사의 커다란 등에 닿았다. 마법 전투에 익숙한 자라면 지금 그 마법에 적의가 없다는 걸 충분히 알 수 있으리라.

좋아, 예상대로 그는 깨달았다. 좋아 좋아, 이쪽으로 걸어오네.

땡땡이친 이유는 로열 나이츠 녀석들에게 물어보고 싶은 게 있어서다.

그렇지만 그들이 내가 알고 싶은 진실을 간단히 가르쳐줄 거라 생각하지 않았다.

그래도 아까 그들 가운데 아는 얼굴을 한 명 발견했으니까──이렇게 나는 교사 안의 교실에 숨어 있는 것이다.

"여어, 꼬맹이. 식전을 빼먹다니 나쁜 녀석이구나."

등에 지고 있는 대검.

바위로 의태한 몬스터를 일도양단한 일에서 유래된 별명이, 바스타드.

전에 카리나 공주의 호위로 크루슈 마법학원에 왔었던 사람 중 한 명이다.

로열 나이트 달튼 경이 뿜어내는 위압감은 여전하다. 그러나 나에게는 친근한 표정이었다.

"오랜만이네요, 달튼 경. 그렇지만 딱히 나는 단순히 땡땡이만 치는 게 아닙니다. 좀 더 중요한 일이 있어서 그렇죠."

"그러면 왜 숨지? 그 모습은 너 스스로가 켕기는 뭔가가 있다고 말하는 거나 마찬가지다."

"다른 기사들에게 들키면 귀찮을지도 모른다고 생각해서

요. 서로 말이죠."

"허어…… 내 걱정도 한 거냐. 제법 배려를 할 수 있는 녀석이었군. 그러나 말할 수 있는 것과 말할 수 없는 게 있다. 기대하지 마라. 나는 입이 무겁다."

이렇게, 카리나 공주의 충신은 내가 예상한 그대로.

교사 안으로 들어와 내가 기다리는 2층 교실로 올라와 주었다.

"그립군. 이 교실에서 공주 전하가 수업을 받았던 게 떠올라."

"카리나 공주님은 건강한가요?"

"자기 눈으로 확인하면 되겠지. 물론, 이번 학원 체류 중에는 만나기 어려울 거라 생각한다만. 그래서 스로우 데닝. 나한테 무슨 용건이지? 아니, 뭘 듣고 싶지?"

"어둠의 대정령을 봤어요. 달튼 경, 어째서 그 녀석이 동행하는 건가요?"

지금 그 녀석이 적인지 아군인지, 본심을 나는 알 수 없었다.

분명히 어둠의 대정령은 자기 뜻에 반하여 전쟁을 획책하는 마녀를 상대하는 것에 전면적으로 협력하겠다고 약속했다. 그렇지만 그건 크루슈 마법학원에 찾아온 이유가 되지 않으리라.

"그 질문 말인데. 만약 네가 식전에 참가했으면 금방 알 수 있었을 거다. 어둠의 대정령은 타국의 요인이며 남방에서도 이름 높은 이 학원을 견학하기 위해 찾아왔다, 일단은 그런 형식을 취하고 있지. 그러나 아무도 눈치 못 채겠지. 지금 폐하와 함께 강당에 있는 자가 도스톨 제국을 건국한 어둠의 대정령이란 사실은."

"달튼 경. 질문의 대답이 안 되는데요."

"조바심내지 마라, 꼬맹아. 그러고 보니 어둠의 대정령과 만난 건 네가 처음이었다고 했지? 보고는 받았지만 어둠의 대정령 본인을 직접 봤을 때는 간담이 서늘했다. 그 작은 소녀가, 내가 어렸을 때부터 북방의 전설이라 전해지는 그 존재라니. 게다가 남쪽의 적으로 군림하는 놈이 스스로 협력하겠다고 나선 것은 도저히 믿을 수가 없었다."

"……."

"네 질문 말이다만, 어둠의 대정령이 이 나라의 학원을 보고 싶다고 말을 꺼냈다. 그러나 아무리 그래도 그걸 혼자 보러 가게 놔둘 수는 없지. 그래서 이번에는 마침 타이밍이 좋았어."

"학원 견학을 하고 싶다는 걸, 진심으로 믿은 건가요?"

"어둠의 대정령은 북방에서 남하해 온 외적에 대해, 폐하와 정식으로 협력 체제를 취하고 있다. 너도 이해하고 있을 거다. 어둠의 대정령에게 우리와 다툴 의지는 없어."

어둠의 대정령은 진심으로 마녀를 막고자 생각한다.

그 점은 의심할 여지가 없지만, 어둠의 대정령이 얌전히 있을 거란 생각은 안 든단 말이지이. 젊은 마법사에게 환장하는 어둠의 대정령 씨란 말이다.

내심 타국의 마법학원을 보고서 아주 신바람이 나지 않았을까?

뭐, 어둠의 대정령 씨가 날뛰더라도 내가 보기에 지금 가진 전력이면 아슬아슬하게 어떻게든 될 거야.

이쪽에는 가디언이 있다. 어떤 상황에서도 자만하지 않는 최강의 기사가 있다.

나는 가디언이 가진 힘에 전폭적인 신뢰를 보내고 있다.

"그러면 달튼 경. 또 하나만 가르쳐 주세요."

"나로서는 처음 하나에 대답한 것만 해도 파격적으로 대우해 준 거다만."

"학원에 이상한 소문이 만연하던데요. 악한이 카리나 공주님을 다치게 했다는, 믿을 수가 없는 소문이요. 대체 왕도에서 무슨 일이 있었죠?"

"소문은 소문이다. 진실과는 거리가 먼 헛소리를 진심으로 받아들이면 그 공작가의 인간으로서 실격이다."

"크루슈 마법학원에 도는 소문치고는 위화감이 들어서요. 왕가에 관한 소문을 그 로열 나이츠 단장이 용납할 거란 생각이 안 들 거라 생각했는데, 정작 말디니 추기경의 모습이 안 보이니 그렇죠. 폐하와 왕녀가 있는데 그분이 없는 이유는 뭘까요?"

"네게 설명할 의무는 없다. 신경 써 봐야 좋을 거 없다."

달튼 경의 말에 불길한 땀이 흘렀다.

"역시 왕도에서 무슨 일이 있었던 건가요?"

"충고하겠는데, 이 일에는 엮이지 마라. 서로에게 좋지 않을 테니까. 잘 들어라, 이건 너에게 빚이 있는 나니까 해 주는 말이다. 다른 로열 나이트에게 지금 그 얘기를 해 봐라. 귀찮아질 거다."

"충고 고맙습니다. 근데 지금 질문에 대답할 수 없다면 이건 어떤가요? 달튼 경의 얼굴에 난 그 상처 말이에요. 어디서 싸우기라도 했어요?"

얼굴에 상처 한 줄, 아까부터 신경 쓰였다.

이 남자는 괴물이다. 로열 나이트 중에서도 최상위의 힘을 가졌다.

그래서 카리나 공주의 호위를 맡고 있다. 카리나 공주와 함께 성장하는 가디언이 되기에는 조금 나이가 많지만. 조금만 더 젊었다면 충분히 후보로 이름이 올랐을 거다.

"싸움이라. 그렇군, 싸움이다. 그런 셈이야."

"달튼 경마저도 상처를 입을 상대———."

그때, 땅울림이 느껴졌다. 덤으로 큰 성원의 소리.

와아아아아. 목소리만 들어도 얼마나 열띤 함성인지 알겠다.

식전이 진행 중인 강당에서, 뭔가 발표라도 한 건가?

"궁금하냐? 제대로 출석했다면 알 수 있는 일이다. 그나저나 나도 말이 좀 많았군."

그때는 아무것도 궁금하지 않았다.

어차피 폐하가 식전에서 뭔가 멋진 말을 했다. 그 정도 인식이었다.

하지만, 내 생각은 큰 착각이었다.

●

폐하가 차기 여왕인 카리나 공주에 관해서 발표했다.

차기 여왕이 되기 위한 기도 의식의 장소로 이 학원을 지정한다고.

그것은 오랜 기간에 걸친 수호기사(가디언세리온) 선정시련의 개막을 의미했다.

"그 소문, 정말이었구나! 유우기리 선생님이 로열 나이트 후보자를 선발했다는 얘기!"

"아아, 나 선생님한테 더 어필할 걸 그랬어! 선발된 녀석들은 로열 나이트가 맨투맨으로 직접 훈련시켜 준다며? 최고잖아!"

왕녀와 선발된 기사 한 명이 현역 가디언을 타도할 것.

여왕이 되기 위한 시련은 그것뿐이지만, 그렇기에 어렵다.

누가 뭐래도 지금의 가디언은 기사국가 사상 최강이라고 칭송받는 남자니까.

그런 최강의 남자에게 도전하기 위한 기사를 선발하는 첫단추가 바로 기도 의식이다.

"하지만, 데닝은 식전에서 이름이 불리질 않았었지. 다른 사람도 아니고 그 녀석이 선발되지 않는다고?"

"걔, 아마 로열 나이트보다 강하니까 특별 전형 같은 거겠지. 앗, 하지만 유우기리 선생님한테 미움받았으니까 단순히 빼 버린 걸지도 몰라…… 아니면 폐하의 지시든가."

여왕이 기사국가에서 절대적인 권력을 가지고 있는 이유는 대륙 횡단을 했기 때문만이 아니다.

20대 초반에 즉위했으니까 아직도 젊고, 가디언을 옆에 거느린 모습은 그림이 될 정도로 보기 좋다. 그래서 학생들에게도 대단히 인기가 많다.

우리 세대는 폐하의 모험담 책을 보면서 자랐으니까 묘하게 친근감이 있다는 것도 그렇지만, 평민이든 귀족이든 자기 나라의 임금님이 굉장한 사람이라는 것은 자국에 대한 긍지로 이어지는 것이겠지.

"하지만, 그 사이클롭스 씨, 분한 기색이 안 보이던데."

"공작가 인간이잖아? 역시 다른 루트가 있는 거겠지."

뭐, 전례가 없는 젊은 나이에 즉위한 것에 대해 당시에도 이런저런 말이 많았던 모양이지만.

경험이 없다거나, 타국이 얕본다거나.

하지만 모든 것을 뒤집어 버릴 정도로, 폐하가 이룩한 대륙 횡단의 충격이 어마어마했다고 한다. 내가 태어날 무렵까지 국민들은 폐하에게 열광했다고 한다.

"그보다도 나는 카리나가 공주 기도장으로 학원의 대성당을 지정했다는 거에 깜짝 놀랐어. 거기는, 그거잖아. 나는 아직도 안에 못 들어간다니까. 그때가 떠오르니까."

카리나 공주와 인연이 있는 장소로, 크루슈 마법학원이 임명된 것은 명예로운 일이다.

적어도 좋은 추억이 된 모양이라, 나도 조금이나마 기쁘긴 하다.

"──그래서. 너는 선발되지 못한 거야? 비젼. 넌 로열 나이트 지망이잖아."

"스로우 님, 상처를 후벼 파지 마세요. 아직 떨쳐 내지 못했으니까요."

"아아. 그래서 눈 밑이 거무죽죽한 거구나. 잠을 못 잘 정도로 충격이 컸군. 나도 자주 싫은 일이 있으면 잠을 못 이루니까 이해한다."

"제 기분을 알아주시는 겁니까?"

전날의 식전에서 여왕 폐하는 기사 후보로 열 몇 명의 학생을 지명했다고 한다.

우수하니까, 폐하 일행이 머무르는 사이에 로열 나이트가 직접 단련을 해준다고.

지명을 받았다고 로열 나이트 확정인 것은 아니겠지만, 목표로 하는 학생들은 당연히 폭발적으로 달아오르겠지.

"하지만 슈야는 선발됐지?"

"……휴가 뒤부터 성장한 느낌은 있었지만, 어째서 그 녀석이."

한편, 폭발적으로 식어 버리는 녀석도 있다.

"내 눈으로 봐도 슈야는 변했어. 지금 그 녀석한테는 묘한 존재감이 있잖아."

"……그건 인정합니다만."

"어디신가 사지를 헤쳐 나온 거겠지. 남자는 그런 법이야."

"하하, 스로우 님은 잘나서 좋겠네요."

그나저나 슈야 말인가.

역시 애니메이션 주인공님은 아는 사람이 보면 진가가 보이는 걸까? 내면에 숨은 잠재능력 같은 거. 전쟁이 없어도 주목을 받는 녀석은 당연히 주목을 받는군.

"하지만, 지명받은 학생한테는 로열 나이트가 붙는다며? 그것도 맨투맨 훈련. 꽤나 대우가 좋은데——."

"야, 너 그거 아냐? 데닝이 선발되지 않은 이유."

전에 나는 폐하에게 카리나 공주의 기사가 될 생각이 없냐는 말을 들은 적이 있다.

아직 정식으로 대답을 안 했으니까 보류 상태다. 그렇지만 폐하의 말을 무시하고 있는 상황은 변함이 없으니까, 내 의사는 그쪽에 확실하게 전달이 되고 있을 거야.

그러나…… 역시, 폐하는 얼른 왕녀를 차기 여왕으로 삼을 생각이었구나.

"어째서 데닝이 불리지 않았냐고 누가 물어봤다는데, 그랬더니 대답이 뭐였는지 알아? 힘은 문제없지만 성격에 문제가 있다더라."

"여기서만 하는 얘기거든? 뭔가 카리나 공주님이랑 데닝이 가까워지는 게 싫은 모양이야. 이유는 모르겠지만, 역시 힘만 있어도 안 된다는 거 아냐?"

아아, 시끄럽군.

딱히 나는 선발되지 않아도 아무 문제없거든!!

오히려 선발되지 않아서 다행일 정도다! 다 들리니까 좀 자중해라!

"운이 좋은 거지. 나는 유우기리 선생님이랑 같은 물 마법을 쓸 수 있으니까 선발됐을 거야."

"저도 물 마법을 쓸 수 있지만, 유우기리 선생님의 클럽에도 불리지 않았어요. 역시 선배는 굉장하네요!"

여기저기서 기사 후보로 선발된 녀석들에게 찬사가 쏟아지고, 폼 잡는 표정을 지은 녀석들과 스쳐 지났다.

그때마다 가여운 내 친구는 어깨를 늘어뜨린다. 그렇지만 이걸로 풀이 죽어서는 로열 나이트가 되는 건 한낱 꿈일 뿐이다.

신경 쓰지 말라고 비젼의 등을 두드리면서도 난 어느 로열 나이트를 바라보았다.

이젠 카리나 공주의 학원 방문이 먼 옛날 일처럼 느껴진다.

전에 카리나 공주의 호위였던 로열 나이트 크슈나 경. 그 녀석 옆에는 여학생이 한 명 있다.

"크, 크슈나 님! 잘 부탁드립니다."

"마음 푹 놓고 있으면 된다."

"네!"

저건 뭐야? 남녀 페어라니 최고구만! 게다가 딱 붙어서 맨투맨이잖아? 훈남 로열 나이트가 붙은 여자애는 감개무량한 느낌이고, 크슈나 경도 싫지 않은 기색이다. 어이, 장난치냐? 너는 카리나 공주나 좀 보살피라는 마음을 꾹 눌러 참았다.

"흐응! 흥!"

따, 딱히 내가 불리지 않아서 화내는 게 아니라고.

"어이, 사이클롭스 씨가 흥분했는데."

"역시 상당히 충격이겠지. 다들 저 녀석이 기사 후보로 선발될 거라고 생각했으니까."

시, 시끄러!

그러니까 그런 생각은 터럭만큼도 없다고 했잖아!

그렇지만 그날 웨이트 트레이닝은 밤까지 이어지는 것이었다.

●

여왕 폐하의 방문.

그것이 뭘 의도하는 걸까?

분명히 카리나 공주의 기도는 중요하다. 하지만 폐하가 기사단을 이끌고 올 정도인가? 체류 일정도 미정이고, 수상한 냄새가 풀풀 풍긴다.

"나, 폐하랑 말했어! 굉장히 털털한 사람이라 깜짝 놀랐네."

"대륙 횡단 이야기를 본인에게 들을 수 있다니. 게다가 나는 사인까지 받아 버렸어!"

그러나 이제 와서 폐하랑 친근하게 지내는 것도 웃긴단 말이지.

가디언 권유도 모르쇠란 태도를 관철하고 있으니까.

……뭐, 내심으로는 궁금하거든?

"하지만 카리나 공주님, 어쩐지 기운이 없었지. 역시 왕도의 소문이 정말이었던 거 아냐? 폭한의 습격을 받아서 다쳤다는 거. 야, 네가 좀 물어봐."

"아니, 무리라니까. 공주님 근처에 대기하는 로열 나이트의 수가 장난이 아니었잖아. 혹시 폐하보다도 많은 거 아냐?"

"폐하한테는 가디언이 있으니까 그렇지."

"아아. 그렇군. 월하의 기사님이니까…… 로열 나이트보다 훨씬 강하겠지……."

이렇다니까. 여러 가지 소문에 현혹되면서도 소문에 귀를 기울이는 스스로가 괜히 더 한심하게 느껴진다. 하지만 어쩔 수 없다. 울퉁불퉁해진 나를 보고 다들 겁먹고 마는걸.

저, 요즘에는 그 사이클롭스 씨라고 불리는 모양입니다.

그나저나 카리나 공주가 기운이 없다니. 그야 카리나 공주는 여왕 폐하랑 정반대 성격이고, 최대한 왕녀로 있는 기간을 늘리고 싶겠지. 폐하는 10대 무렵에 지금의 가디언을 데리고 나라를 빠져나가 대륙 횡단에 성공했을 정도의 행동파. 그렇지만 카리나 공주는 하루 종일 방에 틀어박혀 있고 싶은 방구석파니까.

"아, 어이 데닝! 너 오늘은 희한하게 그 어수선한 장소에 안 박혀 있네."

"……슈야, 너냐? 아아아. 귀찮은 녀석한테 발견됐네."

"이거 봐라. 넌 후보로 선발 안 됐으니까 보는 거 처음이지?"

"왕가의 칼집, 의 모조품이군. 기사 후보에게 건네주는 가짜로 용케 그만큼 기뻐하는구만."

그리고 이럴 때 나타나는 게 애니판 주인공이란 녀석이다.

괜히 신이 났다. 죽을 고생을 한 이 녀석도, 폐하에게 지명받으면 기분이 수직상승하는 모양이군.

"나는 깨달았다, 데닝. 역시 힘이 전부가 아니야. 아니, 물론 힘이 중요하다는 건 알고 있어. 하지만 너한테 말한들 이해할 수 있을까? 중요한 건 마음이라고. 카리나 공주님을 지키고 싶다, 힘이 되고 싶다고 생각하는 그 마음이 중요하달까?"

그 재는 표정은 뭔데? 넌 언제 그런 표정을 배운 거냐?

전에 카리나 공주에게 말을 걸려고 하다가 완전 무시당한 걸 벌써 잊었냐?

아무런 이익도 없는 시시한 말다툼. 그렇지만 난처하게도…… 나쁘지 않네.

상대가 좀 그렇지만 그, 뭐랄까. 청춘이란 느낌이야.

돼지 공작 다음에는 그 사이클롭스라고 불리는 나. 이렇게 서로를 매도하면서도 메마른 마음을 축이는 거지. 상대가 슈야가 아니었으면 아무 불만도 없을 텐데.

그런 나니까 깨닫는 점이 있다.

슬픈 표정으로 걷는 모습. 뭔가 생각하기 전에 몸이 움직였다.

"슈야. 비켜라."

"야, 잠깐! 갑자기 밀지 말라고! 자랑 좀 했다고 화내지 마!"

"됐으니까 비켜. 자랑은 나중에 얼마든지 들어줄 테니까!"

"데닝 너, 어딜 보고—— 저분은, 카리나 공주님? ……그러고 보니 데닝 너, 예전에 카리나 공주님이 학원에 왔을 때 좀 친했었지."

"적어도 너보다는 훨씬 가까웠지."

그래. 카리나 공주가 있었다.

학생들에게 둘러싸여 부지를 걷고 있었다. 눈이 마주쳤다. 착각이 아니다.

그녀의 입이 확실하게 움직이며—— 세 글자를 새겼다.

"공주님의 가디언이 되는 걸 거부해 놓고선 뭔데? 공주님을 보니까 귀여운 나머지 이제 와서 기회를 달라고 한다든지 그러면 안 된다?"

카리나 공주의 입 모양을 보고, 무슨 말을 하고 싶은지 이해했다.

도와줘. 이해하는 것과 동시에 나는 움직였다.

"아, 어이, 데닝. 역시 아직 미련이 남았냐! 마음은 알겠지만 말이다. 야, 포기하라니까! 이제 와서 늦었어!"

"포기해?

저 녀석은 뭘 착각하는 거지.

내 머릿속에 가디언이 되고 싶다는 마음은 일절 없다니까.

그저 마음이 술렁거렸다.

어쩌면 내가 잘못 본 걸지도 모르지만.

나에게 전하고 싶은 뭔가가 있다.

그렇게 생각하기에는 아까 그 행동만으로 충분하다고 생각했다.

"──카리나 공주님. 기분이 좋지 않으시다면 의무실로 안내할까요?"

내가 가디언 일 관련으로 모르쇠라는 태도를 보이는 건 누구나가 다 아는 사실.

그런 내가 이제 와서 카리나 공주를 걱정하면 어떻게 될까?

꽤 덩치가 있는 남학생의 몸이 사이로 쓱 끼어든다.

꺼리는 시선, 얼른 저리 가라며 등을 떠민다. 뭐 당연히 이렇게 되지.

"갑자기 나타나서 뭔 소리야. 공주님 안내 역할을 맡은 건 장래의 로열 나이트로 선발된 우리다. 데밍, 네가 아니라."

"선배. 내 이름은 데밍이 아니라 데닝입니다."

"사소한 걸 물고 늘어지는군! 요즘 그 로레느 씨한테도 손을 댔다면서. 아무리 그래도 너무 절조가 없다고 생각하지 않냐? 점잖은 다리스 귀족이라고는 상상도 할 수 없는 행위야."

"지금까지 내가 점잖았던 적이 있었나요?"

"……없었지."

"그렇잖아요. 그러니까 비키세요. 아니면 나랑 붙어볼 생각인가요?"

"하지만 너는…… 갑자기 나타나서 그러면 안 되지! ……비키겠지만."

아무리 학생들 사이에서 장래 유망하다는 평가를 받았어도, 그들 자신이 가장 잘 알고 있을 거다.

자기 힘으로는 도저히 나를 당해낼 수 없다는 사실을.

그런데 문제는 선배들 너머에 있는 기사들이었다.

로열 나이트는 목숨을 걸고 왕실 사람들을 지킨다.

창백한 표정의 선배들을 지나쳐, 나는 기사들과 마주 보고 ──.

"……알겠습니다. 오늘은 물러나죠."

"뭐어어어어? 데닝! 너는 대체 뭘 하고 싶은 거냐!"

조금 전까지는 거스를 생각으로 머릿속이 한가득했지만.

맥없이 물러가는 나를 보고 맥 빠진 느낌으로 선배들이 보고 있었다.

저 녀석들, 아무것도 눈치 못 챘군.

왜냐면, 저 로열 나이트들.

진짜로 검을 뽑기 직전이었다고.

●

불안이나 짜증 때문에 고민하는 기사님에게.

그럴 때, 웨이트 트레이닝이 효과가 좋아요.

구세주님에게 배운 내 극의를 기사들에게 가르쳐 주고 싶었다.

"그 녀석들, 진지한 데도 정도가 있어야지."

로열 나이트들은 기분이 완전 틀어져 있었다.

뭐지? 그 녀석들 이상하게 살기를 뿜던데?

특히 카리나 공주를 지키는 호위들은 이상할 정도였다. 내가 다가가면 진심으로 검을 뽑겠다는 기색이었다. 스위치 켜지는 게 너무 빠르지 않나?

너무나도 성질이 급하다. 가디언 이야기를 무시했다고 완전 빡친 건가?

"스로우 님! 기사님이랑 싸웠다는 거 정말인가요?!"

"샬롯은 소식이 빠르네. 하지만 싸운 거 아냐. 그건 그냥 인사를 나눈 거지——."

"왜 문제만 일으키는 건가요! 지금은 저희한테 민감한 시기인데! 커다란 소리로 말할 수는 없지만, 유우기리 선생님이 소곤소곤…… 제 정체가 소곤소곤……해서 저는 되도록 다가가지 않도록 숨어 있었단 말이에요!"

"그 소곤소곤에 대해서는 미안해. 다만 카리나 공주님에게 가디언 이야기를 사과하고 싶었거든. 암묵적으로 거절한 거나 마찬가지인데 아무리 그래도 본인 앞에서는 무시할 수 없었어. 걱정 끼쳐서 정말로 미안해."

"엄청 불안했다니까요…… 혹시 제 소곤소곤 때문에 스로우 님이 로열 나이트님이랑 싸움을 한 게 아닌가 해서……."

"소곤소곤 부분은 아마, 괜찮지 않을까? 적어도 그 녀석들 쪽에서 나한테 접근하는 느낌이 전혀 없으니까. 내 감이지만."

"……알았어요. 하지만, 위험한 일 벌이시면 안 돼요? 스로우 님은 이제 충분히! 위험한 일을 겪었으니까요! 저는 걱정이에요……."

"유우기리 선생님 때는 충분히 험한 꼴을 봤으니까, 이제 안 해……. 나한테도 트라우마라고. 어려운 이야기에는 참견하지 않을 셈이야."

"그러면 좋지만요……."

"그보다도 말이야, 샬롯. 화장품 바꿨어?"

이야기가 너무 갑작스럽다고?

아니, 기다려 보라고. 내가 대체 얼마 동안 샬롯이랑 지냈다고 생각하는 거야? 나는 말이지, 조금만 바뀌어도 즉시 깨닫는, 그런 섬세한 일면도 있는 사이클롭스라고.

여자애의 사소한 변화를 즉시 지적. 지금 그건 포인트 높지 않을까?

"아, 이건 그게……. 새로운 친구도 잔뜩 생겼으니까요……. 저, 귀족분들이 그렇게 비싼 향수를 쓰는 줄 몰랐어요. 조금 맞추는 편이 좋을까 해서……."

그렇구나. 귀족 학생들이랑 같은 수업을 받고 있으니까, 그에 걸맞은 몸가짐을 갖추어야 하겠네. 그건 대단히 좋은 일이다. 그런데 샬롯은 야단맞은 고양이처럼 몸을 움츠렸다.

"저, 저기 말야. 딱히 화난 거 아냐. 지금은 샬롯도 학생이니까. 나는 샬롯이 다양한 애들이랑 친한 게 자랑스럽거든."

"어, 자랑스러운가요? ……스로우 님도 저랑 같은 생각인가요?"

"물론이지. 샬롯도 그래?"

"물론이죠! 스로우 님이 다양한 사람들이랑 친해져서, 다들 스로우 님의 상냥함을 깨달았으면 좋겠다고 매일 생각하고 있어요! 아, 하지만, 여자애들하고만 친해지면 안 돼요? 이상한 소문이 도니까요."

"안 돈다니까. 하지만 샬롯. 뭐랄까…… 예전보다 훨씬 좋다고 생각해."

"어…….."

예전보다도 여자애란 느낌이 나서, 아아, 이거 위험한데. 말한 내가 좀 창피하다.

그렇지만 로레느가 잔뜩 나를 칭찬해 준 것처럼, 누군가에게 칭찬을 받는 건 기쁜 일이라는 걸 깨달았다. 샬롯은 얼굴이 빨개졌고, 그렇지만 어쩐지 기뻐 보였다.

"에잇! 무슨 말씀을 하세요!"

응. 역시, 기뻐 보였다.

그런데, 생기발랄한 샬롯 씨와 대조적으로 덧없는 아우라를 풍기는 존재가 있었으니.

나랑 마찬가지로 학원 안에서 재미있는 별명이 붙은 괴물 고양이.

바로 오크를 사냥하는 고양이, 바람의 대정령 씨다.

바람의 대정령 씨는 정기적으로 숲속에 숨어 있는 몬스터 사냥을 취미로 삼고 있으며, 샬롯이 좀 그만두라고 해도 전혀 듣지 않는 구제불능인 녀석이다.

"……대정령 씨. 왜 거기 숨어 있어? 평소의 너답지 않게."

"그 녀석에게 발견되지 않도록 잠시 학원을 나가겠다냥."

"그 녀석? ……아아, 어둠의 대정령 씨 말이지. 너희 사이

안 좋으니까."

마녀와 싸움이 끝나고 잠시 지나.

바람의 대정령 씨는 어둠의 대정령 씨의 괴롭힘 대상으로 변해 버렸다. 도망쳐다니는 대정령 씨를 보는 건 굉장히 드문 광경이다. 어둠의 대정령 씨랑 사이가 나쁘다는 건 정말인가 보다.

"이 나라는 맛이 갔다냥. 그 녀석이랑 손을 잡다니 이해 못하겠다냥. 그건 얼마 전까지 다리스의 적 아니었냥? 왜 평범하게 산책을 하고 있는 거냥."

"……인간 세상은 복잡하거든."

"스로우. 그 녀석이 있는 장소는 재앙이 내린다냥. 그러니까 샬롯에게 몇 번이고 도망치라고 했는데 전혀 안 들어준다냥. 나는 그 녀석이 이 학원에 있는 사이, 잠시 사라지기로 했다냥."

"사라지겠다고? 뭐, 너는 어둠의 대정령 씨가 온 뒤로 훨씬 존재감이 흐려졌었지……. 근데 샬롯은 내버려두고서?"

"요즘엔 반항기다냥. 화장을 하거나, 즐거워 보인다냥. 치사하다냥."

반항기?

그 샬롯이 그럴 리가 없다고 생각하는데.

"샬롯도 친구가 늘어났다고 했으니까, 인간 관계고 뭐고 해서 이래저래 바빠. 불만일지도 모르지만 대정령 씨하고만 놀아줄 수 있는 게 아니잖아."

샬롯도 꽤 바쁜 나날을 보내고 있다.

내가 봐도 명백하게 충실한 나날이니, 이 괴물 고양이를 상대할 틈이 없는 거겠지.

"이것도 죄다 네가 이상한 녀석에게 말을 걸어서 그렇다냥. 샬롯은 질투하고 있다냥, 전부 네 탓이다냥."

"뭐? 샬롯이 질투? 그건 흘려들을 수 없는데. 자세히 말해봐, 어이, 대정령 씨! 어디 가는데!"

●

기사국가 다리스.

이 나라가 기사의 나라로 불리는 이유는, 왕녀가 여왕으로 즉위하기 위한 조건 때문이다.

"카리나 공주님은 자기 기사에게 어떤 자질을 바라는 걸까!"

"힘이겠지. 기사랑 같이 현역 가디언을 타도해야만 여왕님이 될 수 있으니까."

──그런 것이다.

왕녀가 고른 기사와 함께 현역 가디언에게 도전하여 타도하는 순간, 여왕이 된다.

이 제도가 바로 다리스가 기사의 나라로 불리는 이유다.

"상냥함 같은 건 안 되나. 과거에는 가디언에게 상냥함을 바란 여왕도 있었다잖아?"

"어느 쪽이든 지금의 가디언을 쓰러뜨려야 왕녀의 기사가 가디언이 되잖아. 역시 힘밖에 없어. 하지만 실제로는 몇십 년 뒤에나 즉위하는 거 아닐까?"

예를 들어, 엘리노어 다리스의 기사인 돌프루이 경.

그 사람은 대륙 횡단을 거치며 분명한 힘을 손에 넣었고, 선대의 가디언을 타도했다. 엘리노어 다리스가 내린 시련을 돌파한 일화 중에서 돌프루이 경의 이야기가 가장 유명하겠지.

누가 뭐래도 폐하는 20대 초반에 선대 가디언을 꺾었다.

기사국가 역사상 보기 드문 속도로 여왕에 즉위한 것이다.

"하지만 사실 나는 카리나 공주님을 잘 모른단 말이지이. 카리나 공주님은 무도회나 만찬에 안 나오는 사람이었잖아? 여기서만 하는 얘긴데, 그런 공주님이 그 돌프루이 경을 이길 수 있을까? 아직 여왕 폐하의 전성기는 이어지겠지."

"그러니까 지금, 왕녀님은 필사적으로 생각하고 있을 거야. 그 가디언을 이기는 힘이란 대체 무엇일까? 정하고 나면 기사랑 같이 레크트라이클에게 새로운 마법을 바라는 거지."

"그 돌프루이 경에게 이길 생각이면, 새로운 마법이라도 있어야 승부가 될 테니까."

가디언을 위한 기도.

그렇지만, 침대에 틀어박힌 방구석 공주님의 모습을 아는 내가 보기에는 그녀가 진지하게 레크트라이클에게 어떤 마법을 바랄지 생각하고 있다는 생각이 안 들었다.

조금이지만, 그들이 생각하는 왕녀님과 실물의 차이가 재미있군.

어디 보자. 자기가 만들어 낸 마법과 기사의 힘으로 가디언을 넘어선다.

그것이 가디언이 되는 기사에게 요구되는 최종시련이다. 그런 장래의 로열 나이트 후보로서 선발된 학생들은 맨투맨으로 로열 나이트에게 특훈을 받고 있었다.

"야. 기사 후보생은 정기적으로 폐하랑 식사를 하러 불려간다는데, 거기서 어제 폐하랑 카리나 공주님이 싸웠다는 이야기 알아?"

"모르는데. 자세히 말해 봐."

……흥미로운 이야기가 들리길래 멈춰 섰다.

"폐하가 기사 후보 녀석들한테 말이지. 지금 카리나 공주님이 즉위하면 이 나라는 멸망할 테니까 어떡할 건지 잘 생각하는 편이 좋다고 말했다더라."

"역시 폐하는 카리나 공주님한테도 엄격하구나……."

"우리 귀족도 카리나 공주님에 대해 최근까지 잘 몰랐잖아? 하물며 평민들은 카리나 공주님이 어떻게 생겼는지도 잘 모르니까, 여왕으로 즉위한들 국민들이 환영해 줄까 하는 거지. 폐하가 즉위했을 때는 엄청 환영받았었잖아? 그 자리에서도 딱히 비꼬는 건 아니었지만 분위기가 딱 굳었다더라."

"우와아…… 난 절대로 그 자리에 있기 싫다."

"그런데 카리나 님도 폐하한테 그랬대. 시련이라고 하면서 사람을 사지로 내모는 사람은 안 될 거라고."

가슴이 따끔하군.

엘리노어 폐하와 카리나 공주. 어쩐지 상상은 하고 있었지만 역시 두 사람은 사이가 격렬하게 나쁜 모양이다…… 근본적으로 궁합이 나쁜 거겠지.

그러고 보니 애니메이션에서도 슈야가 폐하에게 무모한 시련을 받아서, 알리시아가 위험한 일 좀 시키지 말라고 폐하에게 대들었었지.

"그리고 이제부터 재미있어지는데, 왕녀님이 나간 다음에 그 슈야가 폐하한테 대들었대."

"……뭐! 어어어어어? 거짓말이지!"

"진짜래. 그런 식으로 말하면 카리나 공주님이 가엾다며 폐하한테 말했다더라고. 곧바로 담당 로열 나이트가 방에서 쫓아냈다던데."

"……그 녀석, 끝장났군."

"카리나 공주님과 폐하에게 주는 인상. 어느 쪽이 더 좋아야 하는가 따지면 폐하잖아? 이걸로 슈야가 로열 나이트가 되는 미래는 사라졌지. 꼴좋다."

이 세계선에서 현재 슈야와 카리나 공주 사이에 아무런 접점이 없다.

슈야가 자신의 평판을 깎으면서까지 카리나 공주를 위해 몸을 던질 이유는 없다.

아무런 타산도 없이 그런 행동을 할 수 있다니, 역시 그 녀석은 변하질 않는군…….

"비젼. 지금 그 얘기. 너라면 슈야처럼 할 수 있겠냐?"

"할 수 있을 리가 없죠. 상대는 폐하 아닙니까? 슈야 녀석, 폐하에게 대들다니 목숨이 아깝지 않은 걸까요……?"

카리나 공주하고는 전혀 인연이 없는 슈야가 폐하에게 대들었다.

폐하에게 다른 의견을 내다니. 기사 후보로 특훈을 받고 있는 그 녀석에게는 장래의 길이 끊어질 가능성도 있는데.

그런데 슈야는 폐하의 면전에 대고 당신이 틀렸다고 말한 것이다.

"……좀 분하네. 뭔가 슈야에게 진 기분이야."

"어, 어째서인가요? 스로우 님은 전혀 그 녀석에게 지지 않는다고 생각합니다만."

폐하에게 미움받으면 출세를 바랄 수 없다. 슈야는 군속 희망이었지만 세상은 평화로워졌다. 그래서 로열 나이트가 되어 출세하고 싶다고 바라는 것은 귀족으로서 지극히 일반적인 생각이다.

그렇지만 이 나라에서 출세를 바라는 인간이, 폐하를 거스르는 짓을 할 수 있을까?

내가 아는 한, 그런 짓을 할 수 있는 녀석은 아무도 없다.

슈야—— 역시, 넌 굉장하다.

"스로우 님. 어디 가시는 건가요?"

"잠깐 갈 데가 있어. 할 일이 떠올랐거든."

그 녀석이 그런 용기를 보여줬는데, 가만있을 수 있겠냐?

●

귀족의 여자 기숙사 주변은 남학생이 함부로 다가가지 않도록 전부터 경비가 있었다.

그러나 이번에 여왕 폐하 일행이 숙박하게 되며 분위기가 격변, 입구에 로열 나이트들이 몇 명이나 서서 삼엄한 분위기를 풍기고 있었다.

"카리나 공주님을 만날 수 있을까요?"

기사의 눈썹이 움찔 움직였다.

나보다 키가 큰 그들이 똑바로 나를 내려다보았다.

그들의 눈동자에는 적의가 느껴졌다.

"기도를 바쳐야 하는 공주 전하에게 지금은 중요한 시기다. 어떤 자든 전하의 개인실에 들일 수는 없다."

로열 나이트. 왕족을 지키는 것이 그들의 사명이다.

이 평화로운 학원 안에서 이상하게 살기를 띠는 이 녀석들의
존재는 붕 떠 있었다.

"전에 핼쑥한 카리나 공주님을 학원 안에서 봤습니다. 혹시 고
민이 있다면 좋은 상담 상대가 될 수 있지 않을까 생각해서요."

"필요 없다."

"예전에 카리나 공주님이 학원에 머무를 때는 좋은 상담 상
대였다고 생각하는데요."

어쩌면 내 착각일지도 모른다.

그렇다면 상당히 부끄러운 소릴 하고 있다는 자각이 있다.

그렇지만…… '도와줘' 라고 입을 움직인 그 순간.

나는 그때 카리나 공주의 표정에서 절박함을 느꼈다.

"기도의 1부는 인연이 있는 자와 만나 지금까지의 자신을 되
돌아보는 자리. 전하가 이 크루슈 마법학원을 기도 장소로 골
랐다면, 저도 인연이 있는 자라고 생각합니다."

시련에 대한 기도는 총 2부 구성이다.

1부는 연고가 있는 장소를 돌아보며 인연이 있는 자와 만나
보는 것.

2부는 성당에 틀어박혀 가디언을 타도하기 위한 마법을 하
늘에 기도하는 것.

지금의 여왕은 단순히 힘을 바랐다. 알기 쉬운 예다. 과거에
도 수많은 사람이 차기 가디언에게 힘을 바랐다. 카리나 공주
는 무엇을 자기 가디언에게 바라는 걸까?

"물러가라."

이 반응은 이상하다.

달튼 경 말에 따르면 다리스가 어둠의 대정령과 손을 잡은
건 틀림없는 사실이다.

그렇지만 상대는 적의 보스다. 어둠의 대정령이 이 학원에
있으니까, 로열 나이트들이 이렇게 까칠한 거라고 생각했는
데…… 이 여유가 없는 모습은 뭐지? 다른 이유가 있나?

"내쫓는 것치고는 너무 뒤숭숭하지 않나요? 이상하게 카리
나 공주님과 접촉하는 걸 싫어하는 것 같은데…… 그러면 전
하에게 전달해 주세요. 내가 만나러 왔다고. 아니면 저랑 공
주가 만나면 안 되는 이유라도 있나요?"

"꽤나 혀를 놀리는군. 더 이상은 검을——."

"무슨 소란이냐."

늠름한 목소리와 함께, 너무나도 유명한 남자가 나타났다.

몸에 두른 하얀 갑옷과 하얀 망토는 고고함의 증거.

매와 같은 날카로운 금색 눈동자가 바라보면, 시간이 멈춘
것 같은 착각을 느낀다.

"돌프루이 경, 이것은……."

"레오나르도, 이 녀석은 네게 벅찬 상대다."

로열 나이트 중에서는 작다고 분류되는 체구.

그중에서는 집안의 격이 낮지만 모든 기사에게 숭배와 존경
을 받는 남자.

슈발리에라고도 불리며 기사국가 내에 비견되는 자가 없는 무인이 거기 있었다.

"스로우 데닝. 다가오지 말라고 경고했을 텐데, 공주 전하에게 무슨 용건이지?"

"저는 그저, 카리나 공주님의 학우로——."

"……끈질기군."

가디언이 칼집에서 검을 뽑았다.

나는 아직 지팡이에 손도 대지 못한 상태다.

빛의 부여검.^{인챈트 소드} 사용자에게 압도적인 힘을 내리는 다리스의 국보. 그 칼날이 내 목에 딱 겨누어졌다. 지팡이로 응전하는 것은 포기했다. 그렇지만 오른손은 단단히 인챈트 소드를 쥐고 있었다.

가디언의 움직임에 용케 반응했다고 스스로를 칭찬해 주고 싶은 기분이었지만.

……오른손에서, 피가 뚝뚝 떨어진다.

걱정스럽게 이쪽을 바라보는 여학생들이 몇 번이나 작게 비명을 질렀다.

"놔라. 그 이상은 아무리 뛰어난 물의 사용자가 와도 고칠 수 없다."

이쪽도 그 정도는 각오하고 있거든.

슈야가 자기 미래를 버리면서까지 폐하에게 대들었단 말이다.

여기서 내가 포기하면 어쩌는데. 그렇게 생각했다.

"스로우 데닝. 내 말은 공주 전하의 의사이기도 하다. 뒤를 봐라."

기사를 곁에 거느리고 여자 기숙사에서 나타난 카리나 공주가 있었다.

황급히 방에서 뛰쳐나온 걸까? 숨을 헐떡이는 그녀의 모습을 보고 칼날에서 손을 뗐다.

뭔가 확증이 있었던 건 아니다.

카리나 공주가 도움을 바라고 있다.

그렇게 생각한 자신의 직감에 따랐을 뿐이다.

그렇지만 이번 입의 움직임은, 전보다 알기 쉬웠다.

고작 두 글자── 미안.

"……다음에 다시 오죠."

당사자가 거절하면, 어쩔 수 없지.

●

트레이닝 존으로 돌아와 축 늘어졌다.

요즘에는 거의 이 장소에 있으니까 아무도 안 다가온다.

한심한 모습을 남에게 보이지 않아도 되니 고마운 일이다.

"……꾸울."

그렇게 멋을 부렸는데 카리나 공주가 거부하다니.

가디언에게 베인 오른손에서 피가 끊임없이 흘러나온다. 성가시게 힐도 안 듣는 특수한 저주다. 수호검에 담긴 힘, 이건 자연 치유에 맡기는 수밖에 없다.

……만약 내가 주인공 기질인 슈야였다면, 또 다른 결과가 생겼을지도 모르겠지만.

"지독하게 당했네. 스로우 데닝."

"지금 엄청 기분 안 좋은데……———. 어라. 어둠의 대정령 씨네."

무시무시한 소문이 만연하는 내 살육장에서.

나한테 당당하게 말을 걸다니…… 어지간히 분위기 파악을 못하는 녀석이거나, 강자가 틀림없다.

그래서 봤더니 어둠의 대정령 씨가 거기 있었다.

겉보기에는 소녀 특유의 싱싱한 매력이 넘치는 것에 반해, 알맹이는 완전히 성숙한 이질적인 존재.

"그 수호검을 그대로 받아내다니, 너 머리가 맛이 갔어?"

"대답할 말이 없네……."

"그건 레크트라이클이 성가신 마법을 몇 개나 부여했어. 나도 유명한 것밖에 모르지만, 마법을 이용한 회복 저해 같은 거나 이것저것."

"설마 나도 내가 수호검의 먹잇감이 될 거라고 생각 못했어."

"하아…… 어디 이리 내 봐. 딱히 이상한 짓 안 할 테니까."

상처에 그녀의 작은 손이 올라간다.

살짝 빛이 나더니, 통증이 서서히 물러갔다.

"자. 이걸로 완치."

"고, 고맙…… 습니다."

말도 안 돼. 내 힐로도 회복 못하는, 수호검이 낸 상처인데.

무심코 존댓말이 될 정도로 나와 어둠의 대정령의 힘은 동떨어져 있었다.

수호검에 담긴 레크트라이클의 힘을 지금 그녀가 상쇄한 것이다.

"하지만…… 어째서 고쳐준 거야? 겁니까?"

"기분 나쁜 말투는 관둬. 이유? 재미있는 걸 보여줬으니까."

"재미있는 거…… 말이지."

"기사국가의 가디언, 루돌프 돌프루이는 제국에서도 이름이 알려진 진짜 천재야. 내가 남방 통일을 생각할 때 가장 커다란 벽으로 생각한 적 중 한 명. 그런 녀석을 상대로 바보처럼 솔직하게 맞서는 인간이 있을 줄이야. 그래서? 엄청 창피를 당한 기분은 어때?"

"최악이야……. 구멍이 있으면 들어갈 테니 묻어 줬으면 좋겠다."

"뜻밖에 솔직하네."

정말로 최악이다.

그렇게 큰소리를 치고서 카리나 공주에게 거절을 당했으니까.

내일부터 학원 안을 못 돌아다닐지도 모른다.

"……그런데, 무슨 용건이야? 어둠의 대정령 씨는 타국의 학원을 구경 다니느라 바쁜 거 아니었어?"

가끔 찔끔찔끔 소문이 들린다.

타국의 귀여운 왕녀님이 수업 시간에 선생님한테 질문을 해서 난처하게 만든다고.

소문만 들어봐도 이 대정령 씨가 학원생활을 만끽하는 걸 충분히 알 수 있다.

분명히 식전에서는 타국의 왕족이라고 소개를 했었지.

학생은 아무도 이 소녀가 그 어둠의 대정령이라고 생각 못할 거다.

"재미있는 소문이 들리더라. 그 가디언에게 도전해서 스로우 데닝이 다쳤다고. 하지만 너, 알고 있었을 텐데? 이 학원에 거창하게 찾아온 로열 나이트들이, 너를 좋게 보지 않는다는 것 정도는."

"……그야 뭐. 그렇게 찌르는 시선을 등에 팍팍 느끼는데 누구나 눈치채지."

"카리나 공주님에게 더 이상 접촉하려고 하면 더 미움받을 거야. 최악의 경우 누구한테 칼 맞을 것도 각오하렴? 지금 그 녀석들은 제정신이 아니니까."

"제정신이 아니라니? 어둠의 대정령 씨는 이것저것 아는 모양이네."

"그럼. 알고 있지. 가르쳐 줄 생각은 전혀 없지만."

"……어째선데."

"네가 연관될 일이 아니라고 생각하니까."

"그건, 무슨 뜻이야?"

"스로우 데닝. 네가 나를 어떻게 생각하는지는 상상이 가. 실제로 그게 틀렸다고 생각하지도 않아. 하지만 지금 나는 무해해. 북방으로 돌아갈 때까지는 방관자로 있겠다고 엘리노어랑 약속했으니까. 엘리노어는 이번 일을 로열 나이트를 써서 해결하려 하고 있어. 엘리노어가 그렇게 생각한다면, 나는 아무것도 못 해. 이거 미안한걸?"

그녀는 놀리는 것처럼 웃었다.

도스톨 제국의 지배자이자 세계의 패자는 훌쩍 몸을 돌렸다.

긴 머리칼이 사르르 흔들리고, 좋은 냄새가 나는 게 어째선가 짜증난다.

"그렇지만 가디언에게 맞선 네 용기를 봐서, 이것 하나는 가르쳐 줄게. 공략할 거면 엘리노어가 아니라 그 얌전한 공주님을 공략해. 아니면 기사들일까? 그 녀석들, 이제 와서 자기들이 너무 차가웠다는 걸 깨달은 모양이니까."

"……뭐?"

"──그럼 간다."

북방의 대정령은 손을 팔락팔락 흔들며 물러갔다.

영문을 모르겠네.

하지만, 뭔가 꽤나 커다란 힌트를 받은 건지, 못 받은 건지.

신비로운 매력을 가진 존재.

수많은 마법사가 어둠의 대정령에게 심취하는 이유도 어쩐지 알고 말았다.

그렇지만 너무 연관되면 안 된다.

흥미를 가지면 끝장이다. 그녀가 가진 끝 모를 어둠에 끌려들어갈 테니까.

●

"……우아아."

잠을 못 자겠어.

요즘 들어서 쾌면이 이어졌었는데. 이것도 전부 어둠의 대정령 씨가 의미심장한 말을 해서 그래. 연관되지 말라는 건 뭔데? 아직 마녀랑 관계된 게 이어지고 있는 거야?

왕도에서 전부 해결된 거 아니냐고. 그쪽에서 대체 무슨 일이 일어났는데.

그리고 어째서 어둠의 대정령 씨가 방관자인데. 근본적으로 따지면 도스톨 제국이 잘못한 거잖아. 그쪽 일개 전투원이 날뛰고 있는 거니까 보스인 어둠의 대정령 씨가 어떻게든 하란 말야.

바람의 대정령 씨는 엉망진창으로 패배했지만, 어둠의 대정령 씨라면 1대1로 이길 수 있잖아.

본인에게 직접 말은 못하니까 머릿속으로 그녀를 비난하고 있는데, 문을 두드리는 소리가 들렸다.

"……지금, 몇 시인 줄 알아?"

침대에서 내려가 방문을 열자, 커다란 체구의 남자가 서 있었다.

"다, 달튼 경. 제 방엔 어떻게 오신 거죠?"

"방을 좀 보여주지 않겠나?"

"……네?"

깊은 주름은 인생 경험이 새겨졌다는 증거일까? 로열 나이트 중에서도 선임자이며, 등에 대검을 진 남자는 흥미롭다는 기색으로 내 방을 둘러보더니 의자에 앉았다.

마치 자기 방처럼 편히 쉬고 있는데, 여기 내 방이거든요.

"그리운 방이군. 나도 과거에는 이 방을 썼다."

"저기…… 지금 엄청 늦은 시간인데요. 제 방은 프리패스가 아니라고요."

"아니 뭐. 그 가디언 나리한테 덤빈 바보의 얼굴을 좀 보러 왔다. 그런데 생각보다 건강해 보이는군."

어둠의 대정령만 그런 게 아니라, 이 사람도냐.

그렇게 남한테 창피를 주는 게 즐거운가?

"스로우 데닝. 그분을 상대해 보고 어떻게 생각했지?"

"최악이었어요. 이길 리 없어요. 지금은 제 어리석음에 기겁하고 있어요."

"그럴 만도 하지. 나도 그 사람에게는 지금까지 한 번도 이겨 본 적이 없다. 기사로서 마땅히 최고의 경지에 오르신 분이시 니까."

"도전하는 것부터가 잘못이었죠. 아, 뭔가 마실 거라도?"

"제법 신경을 써 주는군. 그러면 받지."

조용한 시간.

달튼 경은 아무 말도 없이 내가 탄 커피에 조용히 입을 댔다.

원두는 최고급이지만 초보자인 내가 탄 거다. 그렇게 맛있 지도 않을 거야.

"……맛있군."

"고맙습니다."

그저, 그것뿐.

이 사람은 또 뭐야.

얼른 돌아가 주지 않으려나. 여기는 내 방인데요.

"공주 전하께도 권해드리고 싶군."

"카리나 공주님은 더 맛있는 커피에 익숙하겠죠."

"기뻐할 거다. 공주 전하는 너에게 제법 호의가 있으니까."

"……참 대답하기 어렵네요."

"사실이다. 그러나 이 자리에 온 것은 커피를 마시기 위해서 가 아니라, 너에게 감사를 표하기 위해서다."

"감사요?"

"가디언 나리에게 덤벼 줘서, 카리나 공주 전하를 만나러 와

쥐서 감사한다. 그것만으로, 공주 전하는 상당히 구원을 받았을 거야."

"자, 잠깐만 기다려 주세요, 달튼 경! 고개를 드세요!"

커다란 어른이 고개를 숙이다니, 왠지 어색하다고.

"학원 쪽은 우리를 맞이하기 위해서 휴가 중이던 메이드를 다시 불러오고, 꽤나 무리를 했다고 들었다. 스로우 데닝. 너도 로열 나이츠가 왜 방문했는지 갖가지 상상을 했겠지."

"그야 뭐……."

"그러나 네 상상 따위 귀여운 거라고 단언할 수 있다. 사태는 최악을 넘어서 로열 나이츠는 전에 없던 위기에 직면한 상태다. 그러고 보니 전에 너는 이 상처를 누구한테 당했는지 나에게 물었지. 대답해 주는 것은 쉽지만, 그 전에 부탁이 있다."

극한까지 단련된 온몸에서 험악한 분위기가 흘러나왔다.

달튼 경이 두르는 분위기가 변했다.

바쁜 로열 나이트가 심야 시간에 찾아와서 잡담하는 게 목적이라고 생각할 수는 없다.

부탁.

이게, 목적이군.

"스로우 데닝. 카리나 공주님의 힘이 되어 주지 않겠나?"

이렇게.

나는 추태와 맞바꾸어, 커다란 진실에 도달한 것이다.

3장 숲속에는

반복하게 되지만 새삼 말한다.

소문이란 것은 대부분 과장되는 법이라고.

옛날이야기긴 한데. 내가 칠흑 돼지 공작이었을 때 여기서 들었던 소문 따위는 지독했다니까. 오크의 화신이라거나, 내가 다가가면 돼지 균이 옮는다거나. 말도 안 되는 얘기를 수도 없이 지어내서는, 어느샌가 꼼짝도 못하는 상황에 내몰려 버렸다.

다시 말해서 소문이라는 것은 함부로 믿어선 안 된다는 말을 하고 싶은 건데…….

"입에 담는 것도 꺼려질 정도로…… 왕도의 싸움은 처참하다는 말밖에 할 수가 없었다."

달튼 경이 얘기한 내용은 좀 포장해서 말해도 충격적이었다.

로열 나이트들이 샬롯의 정체를 깨달은 거 아닐까? 샬롯이 반항기라는데 어떡한다? 그런 불안을 날려 버릴 정도로.

"수도 없이 어스름한 전장을 헤쳐 나온 우리 로열 나이트마

저 지금도 등골이 오싹하다."

무심코 정색해 버릴 정도로 간담이 서늘했다.

달튼 경이 말한 내용은, 내가 소문으로 들은 것보다 몇 배는 처참했다.

"왕궁이 철벽의 수비를 자랑하는 이유를 알고 있나?"

"──성역. 왕궁으로 가는 길은 잿빛 안개에 뒤덮이고, 상하좌우 일체의 방향감각을 잃는다. 거리가 몇 배로 증폭되고, 올바른 길의 순서에서 한 걸음이라도 벗어나면 목적지에 도착할 수 없다, 였던가요."

"정답이다. 왕족이 사는 별궁. 그곳은 레크트라이클이 항상 특별한 결계를 쳐서 사람의 출입조차 모두 감지하고 있다. 따라서 왕궁이 전장이 되는 것은 꿈에도 생각지 못했다."

"농담이죠, 달튼 경. 성역이, 대정령의 마법이 깨졌다는 말인가요?"

"마녀는 왕궁의, 폐하가 기거하는 대천(戴天)의 방에 갑자기 나타났다. 그것이 대답이다."

"……말도 안 돼."

"마녀가 직접 폐하를 노리러 올 가능성이 높다는 말은 유우기리와 어둠의 대정령에게서 들었다……. 경계하는 인원도 늘렸지만, 실제로 대응할 수 있었던 것은 단 한 사람. 가디언 나리가 그림자에 숨은 마녀를 일도양단하지 않았다면, 어떻게 되었을지……."

가디언 돌프루이.

전성기에는 용을 베었다는 전설을 가진 폐하의 검.

그러나, 그림자 속을 이동하는 마녀를 눈치채고서 베어 버리다니.

"저기…… 그래도, 폐하가 무사하다는 말은 마녀를 격퇴했다는 뜻이죠……?"

"마녀가 스스로 물러난 것은 사실이다……. 아무리 그놈이라도 오산이 있었다는 것이지. 그놈은 폐하가 어떠한 인물인지를 전혀 몰랐던 모양이다."

"폐하가……?"

"폐하는 우리에게, 그놈이 인질로 잡은 병사와 함께…… 내 입으로는 더 이상 아무 말도 할 수 없다."

"…….."

"나중에 어둠의 대정령에게 들은 이야기인데, 북방의 마녀는 동료를 특히 소중히 여긴다고 하더군. 그래서 병사와 함께 자신을 공격한 폐하의 모습을 믿을 수가 없었던 거겠지. 어둠의 대정령이 도와줬다지만 스로우 데닝, 네놈은 용케 그놈을 격퇴했다."

"아뇨. 저는 아무것도……. 실제로는 대부분 어둠의 대정령 덕분이니까요——."

달튼 경의 장렬한 이야기를 들으면서 나는 다른 것을 생각했다.

바람의 대정령과 샬롯의 정체에 관해.

나는 각오하고 있었다.

어둠의 대정령은 상관없는 이야기를 하지는 않겠지만, 유우기리 선생님은 로열 나이트다.

그렇지만 달튼 경에게서 우리에 관한 정보는 나오지 않았다.

"그러나, 두 번째는 없다. 다음에야말로 그놈을—— 그것이 죽어간 자들을 위한 위로가 되겠지."

"……잠깐 기다려 주세요. 그게 어째서 폐하 일행이 학원에 머무르는 거랑 이어지는 거죠?"

로열 나이트의 싸움이 아직 끝나지 않았다는 건 충분히 알았다.

꼴사나운 패배를 경험하고, 동료를 잃고, 폐하를 위험에 처하게 했다.

달튼 경은 다음 싸움에서는 지지 않겠다고 말했다——. 그렇지만, 어째선가 기사들은 학원에 있다.

"왕궁의 싸움을 거쳐 어둠의 대정령은 마녀가 목적을 바꾸었다고 말했고, 폐하도 틀림없다고 단언했다. 이미 마녀의 목적은 전쟁을 재개하는 게 아니라—— 폐하를 살해하는 일인 것이다."

그럴 법도 하군.

마녀와 폐하의 궁합은 최악이다. 애니메이션에서도 마녀는 자기 동료들은 소중히 여겼다.

"달튼 경…… 당신들은 설마——."

불길한 예감이 들었다.

카리나 공주가 그토록 불안한 표정을 짓는 것이 어째선가 머리에서 떨어지지 않았다.

그러고 보니 그녀는 나를 향해서 구해달라고 하려 했잖아.

"공주 전하를 미끼로 삼아—— 마녀를 처치하기 위해, 우리는 이 학원에 찾아온 것이다."

사나운 웃음을 짓는 달튼 경이, 다른 사람으로 보였다.

●

말도 안 된다. 말도 안 된다.

이 학원에서 마녀를 처치한다고?

아주 높은 곳에서도 마법 공격이 가능한 그 마법사를—— 이 학원에서 처치한다고?

"두리번거리지 말고 내 뒤에 딱 붙어 따라와라. 길을 잃으면 처음부터 다시 해야 한다."

달튼 경의 인도로, 나는 여학생들이 사는 여자 기숙사에 잠입하는 데 성공했다.

그런데 왕족이 사는 5층으로 가는 계단을 올라간 뒤부터 분위기가 일변했다.

안개가 뒤덮고 있는 것이다. 게다가 그냥 안개가 아니다.

이건—— 성역이다. 왕궁을 감추는 성역이 여자 기숙사 안에 구축되어 있었다.

"언제 여자 기숙사에 이런 수작을 부린 건가요…… 교사 안에 성역을 만들다니. 카리나 공주님과 같은 층에 사는 알리시아는 납득했어요?"

"납득하시고서 아래층으로 옮겨주셨다."

"그 프라이드 높은 알리시아가 아래층으로 옮기다니……."

결계를 치는 위험함을 깨달은 건가? 알리시아도 날카로운 녀석이니까.

그렇지만…… 길어! 어째서 한 층 위로 가는 것뿐인데 이렇게 긴 거야!

그저 계단을 올라가서 복도를 똑바로 나아가, 모퉁이 하나만 돈다.

그거면 카리나 공주가 있을 왕족의 방에 도착할 텐데…….

어째서 우리는 몇 번이나 계단을 오르락내리락하는 거지.

"그나저나 몰라보게 바뀌었군. 그 몸에서 용케 그렇게까지 단련했어."

"인생을 희생해서 트레이닝을 했으니까요."

"……그런가."

육체개조가 너무 과했다고 말할 수가 없었다.

"스로우 데닝. 공주 전하를 만나기 전에, 네게 말해둘 것이 있다."

"뭔가요?"

"폐하와 전하의 관계 말이다. 너도 학생들이 말하는 소문을 들어본 적이 있을지도 모르겠다만, 두 분의 사이는 최악이지. 이번 일로, 아마도 두 분은 완전히 결렬할 거다."

"저한테 가르쳐줘도 되는 건가요?"

"너는 내가 상상하는 것 이상으로 오지랖이 넓은 모양이니까. 아무것도 모른 채 범의 꼬리를 밟았다간 감당 못하겠지."

그렇게 말하고, 성역 안을 안내하는 달튼 경이 쓸쓸하게 웃었다.

폐하와 전하의 관계는 나도 궁금하던 참이었다.

애니메이션에서 카리나 공주가 등장하지 않은 원인이 거기에 있다고 나는 생각했다.

"모든 시작은 공주 전하가 보기 드문 재능을 보인 데 있다. 아무 교육도 받지 않은 단계에서, 근처에 떨어져 있던 지팡이의 일부를 줍기만 했는데도 공주 전하는 마법에 이르렀지."

"우와. 무시무시한 재능이잖아요……."

"당연히, 폐하는 대단히 기뻐했다. 카리나 공주 전하는 폐하보다도 1년 이르게 마법을 발현했으니까. 미래의 여왕이 마법에 밝은 것은 기뻐할 일이지."

종종 천재에게는 천재에 걸맞은 에피소드가 있다.

달튼 경이 말하는 카리나 공주의 천재 에피소드는, 내가 봐도 놀라움의 연속이다.

"폐하는 전 세계에서 카리나 공주 전하의 교육자를 찾았고, 결과적으로 그것이 실수였다. 공주 전하의 교육 담당자들이 지나치게 가르친 나머지 공주 전하는 마법에 흥미를 잃었지. 재능을 죽여버린 거다."

그렇군.

나랑 마찬가지로, 과했구나.

"폐하는 공주 전하가 또다시 마법에 흥미를 가지도록, 마법뿐 아니라 생활 전반에 대해 공주 전하를 자유롭게 했다. 우리가 보기에도 방임이라 생각할 정도로. 전통적으로 다리스의 왕녀는 레크트라이클 님이나 폐하가 직접 마법을 가르치지만, 카리나 공주님에게는 적용되지 않았다. 카리나 공주님이 사랑받지 못한다고 느끼게 된 것은, 그때부터였겠지."

"……그러면, 카리나 공주님이 사교에 나오지 않은 것도."

"폐하의 방임에 따른 것이다. 그러나 아무래도 이대로는 좋지 않다고 생각하신 거겠지. 방침을 전환해 폐하는 적극적으로 관여를 시작했다. 그러나 이것도 안 좋았다. 그것은 우리, 로열 나이트가 보기에도 너무나 사랑이 없었다. 공주 전하가 반발하는 것도 당연했지."

"……저기, 달튼 경. 저 앞에 기사의 모습이 보이는데 괜찮은 건가요?"

"문제없다. 오늘 밤에 성역을 지키는 기사들은…… 모두 폐하와 전하의 사이를 우려하는 동지들이다."

불빛을 들고 성역 안을 순찰하는 기사들은 내 모습이 보이지 않는다는 태도를 보였다.

완전히 나는 없는 사람 취급하는군.

"철저하게 지켜보고만 있던 우리가 이제 와서 두 사람의 관계 개선을 향해 움직여도 어쩔 도리가 없다. 그 정도는 알고 있다. 그러나…… 이번 폐하의 방식은 보고만 있을 수가 없어."

"──말도 안 돼! 스로우 군, 어떻게 들어왔어?"

그곳에는 그리운 방구석 공주가 있었다.

그늘이 진 표정으로 눈을 동그랗게 뜨며 깜박거렸다.

여전히 침대 안에서 지금은 머리만 내밀고 나를 보고 있었다.

등껍질 안에서 오랜만에 고개를 내민 거북이. 예를 들자면 그런 표현이 딱 어울린다.

"성역의 힘으로 수호되는 내 방은 올바른 길을 모르면 절대 도달할 수 없는데…… 스로우 군. 너 대체 어떤 반칙을 썼어?"

"당신을 걱정하는 기사가 안내를 해 줬어요, 카리나 공주님."

"안내? 달튼이 주도했구나……. 하지만, 이 방에 도착할 때까지 다른 기사도 있었을 텐데…… 방의 입구에는 그 엄격한 호미넷도…… 그 녀석들, 모두 한통속이구나."

분명히 깜짝 놀랄 일이다.

카리나 공주의 방에 들어가기는 대단히 어렵다. 달튼 경의 안내가 없으면 불가능했을 것이다. 애초에 안 보이는 6층이 있다는 것 따위 몰랐다고.

중간에 서 있던 기사들도 모두 나를 못 본 척했다. 다들 이미 이야기가 된 모양이다.

신기한 일이야. 나는 기사들에게 미움받고 있다고 생각했었는데.

"그래서 용건이 뭐야? 나, 이래 보여도 엄청 바쁜데."

"뭐가 바쁜데요? 분명 계속 자고 있었던 것뿐이죠."

"그래서? 뭐 문제 있어?"

"문제는 없지만…… 변함이 없구나 싶어서요."

내 예상대로, 카리나 공주는 침대에 틀어박혀 있었다.

창문도 닫아 놨다. 정체된 공기의 흔적. 마치 시간이 멈춘 것 같았다. 탁상 위에 있는 식기에는 손을 댄 흔적이 있으니까 식사는 제대로 하는 모양이다.

움직이지 않아도 배는 고프니까. 어쩔 수 없지.

"있지. 성역을 통과한 스로우 군이라면 알 거라 생각하는데, 성역은 침입자를 막는 것과 동시에 또 하나의 의미를 가지고 있어. 뭔지 알아?"

말문이 막혔다.

"그건 혹시…… 안에 있는 사람을 바깥으로 내보내지 않는

건가요?"

"정답. 그러니까 알겠지? 나는 새장 속의 새란 거야. 있지, 정말로 스로우 군은 터무니없는 일에 고개를 들이밀려고 하는 거야. 가능하면 지금 당장 돌아가는 게 좋아."

"나는 이미, 왕궁에서 무슨 일이 있었는지 들었어요."

"그러면 더욱 그렇고. 알 거 아냐. 스로우 군이 오지랖이 넓은 건 알지만…… 아, 그러고 보니 요전에도——."

"어설프게 연관될 바에는 전부 알고 싶어요. 그 마녀랑 처음에 싸운 건 저니까요."

"있잖아. 여기까지 와 줬으니까 조금 가르쳐 주겠는데…… 마녀의 목적은 변했어. 전쟁 재개가 아니라—— 물론 그것도 아직 마음속 깊은 곳에 있을 거라 생각하지만, 지금 최대의 목적은 내 어머님. 내 어머님이 일국의 왕이라는 것을 마녀는 용서 못하나 봐. 그러니까 지금의 스로우 군은 외부인, 나설 때가 아냐."

카리나 공주가 나를 걱정하는 건 잘 알겠지만, 나도 물러날 수 없다.

나도 다소나마 강한 각오를 품고 온 것이다.

이제 본인도 잊었을지도 모르지만, 분명히 그때.

카리나 공주의 입가는 도와줘, 라고 말했다.

그다음에는 누구나 아는 것처럼 가디언에게 험한 꼴을 당했지만, 나는 잊지 않는다.

"기사 한 명이 말이죠, 당신은 마녀를 끌어내기 위한 미끼라고 했는데요…… 어떤 의미인가요?"

"……스로우 군. 정말로 괜찮아? 알게 되면 돌아갈 수 없을 텐데……."

"충분히 각오했어요."

잘라 말하자 카리나 공주는 크게 한숨을 쉬었다.

"있잖아. 내가 마녀의 미끼라는 건, 말 그대로의 의미야. 마녀는 어머님을 완전히 때려눕히고 싶고, 그걸 위해서 나를 인질로 잡고 싶어 해. 마녀는 분명 내 존재가 어머님에게 세상에서 제일 소중하다고 착각을 하는 거겠지. 다시 말해서 그런 거야. 내 존재가 확실하게 마녀를 끌어내는 미끼가 되는 거지."

"……기도 의식으로 카리나 공주님이 혼자가 된다. 다시 말해서…… 그렇게 되는 건가요?"

"그래. 그래서 어머님은 평소에 잔소리가 많은데, 내가 지금 여기 틀어박혀 있어도 아무 말도 안 해. 내가 그때까지 무사하길 바라니까……."

카리나 공주는 침대에 파고든 채, 시시하다는 기색으로 고개를 끄덕였다.

나는 달튼 경이나 폐하, 카리나 공주가 경험한 왕궁의 싸움을 아무것도 모른다.

그렇지만, 마녀 프란시스카는 깨달았겠지.

기사국가의 여왕 폐하, 엘리노어 다리스의 이상함을.

"마녀가 그렇게 어머님에게 집착하는 이유를 어쩐지 알 것 같아. 제국의 마녀는 적이 되면 무시무시하지만, 북방에서는 동료를 소중히 여기고 수많은 목숨을 구한 영웅이라고 들은 적 있는걸. 어머님은 왕궁에서 마녀가 방패로 삼은 사람들을 한순간도 망설이지 않고 공격했어. 나조차 기겁했다니까. 있지, 스로우 군은 어머님의 행동이 위험하다고 생각하지 않아? 놀라지 않아?"

"나는……."

알고 있다.

알고 있으니까 놀라지도 않는다.

분명히 폐하와 마녀의 궁합은 최악이다.

마녀는 한번 동료라고 인정한 인간은 가족과 같을 정도로 소중히 여긴다.

자신에게 충성을 맹세한 동료를 주저 없이 죽인다니, 마녀는 상상도 못할 일이다.

그런 상냥함이 있으니까, 북방에서는 그토록 거대한 단체를 만들어낸 것이다.

폐하하고는 다른 쪽으로 카리스마가 있다는 말일까?

"아~ 그렇구나. 스로우 군은 공작가 출신이니까, 그런 거에 익숙한 걸까?"

"그런 건 아니지만요……."

"하지만, 어머님을 영웅시하는 학원 애들이 알면 어떻게 생각할까?"

"……."

"그게 말야, 다들 그 거짓말투성이인 어머님과 가디언의 대륙 횡단기를 그대로 믿고 있잖아. 우습다니까? 대륙 횡단기 따위 거짓말인데. 그건 어머님이 젊은 나이에 여왕이 되기 위해서 편집된 책일 뿐인걸. 스로우 군도 읽어봤으니 알지? 둘이서 대륙 횡단을 한 건 사실이지만, 앞뒤가 너무 잘 들어맞는다고 생각하지 않아?"

"그, 그러게요…… 너무 잘 들어맞는다고 생각했어요……."

어렸을 때는 열심히 읽었다고 말할 수 있는 분위기가 아니었다.

손에 땀을 쥐는 전개의 연속으로, 기사의 성장과 폐하의 결단에 푹 빠졌었지.

"그 책이 없었으면 어머님의 즉위는 더 늦어졌을 거야. 아무리 가디언을 쓰러뜨렸다고 해도, 국민이 환영하지 않는 즉위는 불가능하니까——."

하지만 그런 거겠지.

그 책으로 여론이 단숨에 여왕 즉위로 기울어졌다고 했었으니.

도스톨 제국의 위협이 퍼지고 있던 시대, 민중은 강한 임금님을 바라고 있었다.

그러나 거짓말투성이라는 것치고 카리나 공주는 이상하게

청산유수다.

본인도 상당히 열심히 읽었었군.

"왕도에서도 그랬지만, 이 학원에서도 역시 그래. 다들 그 책의 영향으로 어머님을 오해해서———…… 아, 미안해. 나, 아까부터 스로우한테 불평만 하고 있네……."

"사, 상관없어요. 그러려고 방에 찾아왔다고 할 수 있으니까요."

하지만 이건 중증일지도 모르겠네.

폐하를 악담하는 카리나 공주. 엄청 활기차잖아.

어쩐지 칠흑 돼지 공작 시절, 나를 싫어하던 학원 사람들과 모습이 겹친다.

뒤에서 나를 리얼 오크라고 할 때, 다들 참 즐거워 보였다니까.

"그러면, 스로우 군. 여기서 질문입니다. 어째서 어머님이나 나는 크루슈 마법학원에 찾아온 걸까요? 내가 확실하게 마녀를 끌어내는 미끼라는 건 알았지?"

"아무리 생각해도 그걸 알 수가 없어요. 마녀와 싸우는 건 로열 나이트들이겠지만, 대체 어디서 싸우는 건지…… 학생에게 피해가 미치는 게 뻔히 보이는데."

"일부 기사를 아군으로 끌어들인 스로우 군에게는 특별히 가르쳐 줄게. 전장은 학원이 아니야."

"무슨 뜻이죠?"

"이 학원에는 어머님이 유리한 조건으로 싸우기 위한 장치가 있어서, 그걸 이용하기 위해 온 거야. 기도 의식으로 여기를 고른 것도 그래."

카리나 공주가 일어서서 탁상 위에 손을 뻗었다.

위, 위험해라. 옷이—— 안이 보일 것 같아서 눈을 감았더니.

손바닥 위에 뭔가 놓였다.

"……시계?"

●

시계, 시계라.

카리나 공주 말에 따르면, 멈춘 바늘 끝이 가리키는 곳으로 가면 되는 모양이다.

목적지를 가리키는 나침반 같은 아이템이다.

"으~음…… 꿀꾸울."

나는 바늘이 가리키는 방향으로 학원을 걸었다.

바늘 끝이 학원 밖을 가리키는 건 금방 알았다.

"——스로우. 잠깐만."

나는 너무 연관됐다. 이 앞이 위험하리란 것은 자각하고 있었다.

일단 가서, 이 바늘이 가리키는 무언가를 보아 버리면 더 이상 도망칠 수 없다.

여왕 폐하가 꾸미는 무언가에 발을 들이고 만다.

"──애!"

생각에 푹 빠져 있는데, 누가 어깨를 확 붙들었다.

누군가 했더니 알리시아다. 이 녀석, 항상 거칠다니까.

"미안하지만 지금 바빠. 아무래도 상관없는 용건이라면 나중에 해라."

"그 태도는 뭐야? 사람이 기껏 충고해 주려고 했는데."

"……충고?"

"소문이 돌더라. 네가 그 로레느한테 손을 댔다고."

"뭐……? 내가……? 누구한테 손을 댔다고?"

"그 애, 스로우가 자기한테 푹 빠졌다고 떠벌리며 다니고 있어. 그런 애를 고르다니 취향이 너무 나쁜 거 아냐? 무슨 생각이야?"

"……그럴 리가 없잖아!"

역시, 로레느에게 말을 건 게 잘못이었나.

"흐~응. 뭐, 됐어. 그보다도 뭘 그렇게 서두르고 있어? 낯빛도 안 좋고……."

"미안, 알리시아. 그 얘기는 다음에 하자."

"나는 말이야. 스로우가 필사적인 기색으로 보이길래…… 혹시 샬롯한테 그걸 들은 게 아닌가 싶었는데. 그 일이 아니라 또 다른 일인가 보네."

"……그 일?"

"흥. 아무래도 좋은 건 금방 눈치채면서, 그쪽으로는 잼병이구나. 샬롯 본인이 말하지 말라고 했는데…… 역시 그렇게 할래."

"무슨 얘긴데."

"딱히. 아무것도 아냐. 자, 서두르고 있었다면 얼른 가."

뭔데? 괜히 사람 궁금하게.

그렇지만, 나는 서두르고 있단 말이지.

●

저벅저벅 숲을 걸었다.

이 숲에는 정말로 제대로 된 추억이 없다.

마녀 일이나 유우기리 선생님과 술래잡기를 한 것도 그렇고, 미궁에서 몬스터가 넘치기도 하는 등 이젠 최대한 들어오고 싶지 않았다. 하아, 이번에는 뭐가 날 기다리는 거지. 괴물이라도 있나? 그렇지만 카리나 공주가 의미가 없는 것을 건넬 것 같지는 않다.

마녀와 싸운 종착점을 넘어서── 시곗바늘을 믿는다.

그러자 잿빛 안개가 보이기 시작했다.

"말도 안 돼. 숲속에 성역이 있다고? 이 앞에 대체 뭐가 있다는 거야?"

이 시계는 명백하게 값비싼 매직 아이템이고, 레크트라이클의 힘이 느껴진다.

레크트라이클도 어둠의 대정령과 비슷하게 매직 아이템 만들기를 엄청 좋아한다.

이것에는 대체 무슨 효과가 있으려나.

레크트라이클의 힘이 더해져 있다면, 이 앞에서 어지간한 게 나타나도 나는 놀라지 않는다니까?

그렇게 결심하면서 걷기를 숲속에서 수십 분. 그것이 나타났다.

"윽!"

경치가 부서졌다.

눈앞의 세계가 다르게 채색된다. 숲이 사라지고 거대한 벽이 나타났다.

갑자기 말도 안 되게 커다란 벽이 눈앞에 나타나면 누구나 당황할 거야.

──이건 뭐지? 멀리서는 안 보이는 결계에 둘러싸인 거대 건조물 같다.

그저 사고가 따라오질 못한다. 시곗바늘은 색이 바뀌어 도달점이란 것을 표시하고 있었다.

그리고 안에서 간간이 누군가의 목소리가 들렸다. 싸우고 있나?

나는 건조물 주위를 빙 둘러서 걸어, 드디어 아치 모양의 입구를 발견해 조심스레 안으로 나아갔다.

"——마녀 프란시스카는 삼색의 마안을 가졌다고 한다. 눈을 보지 말고, 기척을 먼저 감지해라!"

많은 사람들의 기척, 부르짖는 남자의 목소리.

광경이 보이기 시작한다. 이 투기장 안에서는 역시 전투를 벌이고 있었다.

불의 폭풍이 휘몰아치는 가운데 수많은 사람이 싸우고 있었다.

한쪽은 요즘 들어 대단히 낯이 익은 자들, 로열 나이트 여러분이다.

기사국가의 정예를 상대로 마법을 이용한 공방을 반복하고 있는 자들은——.

"전원 잘 들어라! 다리스의 기사님들은 우리를 준비 운동 정도로 생각하는가 보다! 뭐든지 다 쓰는 전장에서 단련한 힘을 보여주자고!"

로열 나이트와 싸우고 있는 자들은, 붉은색 망토를 두른 마법사 집단이었다.

국적에 얽매이지 않고 대륙 남방 각지에서 활약하는 마법사로 구성된 용병단.

전쟁부터 미궁 탐색, 인명구조에 이르기까지 범죄가 아니면 뭐든지 한다는 평판의 일급 용병단이, 로열 나이트를 상대로 숙련된 전투를 벌이고 있었다.

그러나 기사들은 빼어난 통솔력으로 역전의 용병단을 무너뜨린다.

대체 그들은 뭘 하고 있지?

대규모 결계 안에서 비밀리에 훈련을 하는 이유.

카리나 공주는 여기에 오면 로열 나이트들의 목적을 모두 알 수 있다고 했었다.

"——자, 잠깐만! 우리의 패배를 인정한다!"

기사들은 이름이 알려진 용병단을 상대로 압승했지만, 다음 상대로 자그마한 소녀가 나오자 불리해졌다. 잠깐, 어둠의 대정령이잖아?

어째서 대정령 씨가 로열 나이트랑 싸우고 있는데! 요전에는 방관자 행세를 했으면서!

"어둠의 대정령이라고 겁먹지 마라! 아무리 전설을 만들었어도, 상대는 고작 한 명이다!"

"이 정도로 귀중한 기회는 없다! 그 어둠의 대정령과 겨룰 수 있다니!"

그렇지만, 저건 싸움이라기보다 교련으로 보였다.

대규모 마법을 빠져 나와 어둠의 대정령에게 공격을 가한다.

마법학원의 전교생이 모여도 아직 공간이 남을 법한 그곳은, 남모르게 수련을 쌓기에는 최적의 장소일지도 모른다.

얼마간 나는 그들의 싸움을 지켜보았다.

기사들은 값비싼 비약을 차례차례 들이켰고, 단련도 끝이 보이지 않았다.

로열 나이트들이 누구를 상정하고 싸우는 건지는 생각할 것도 없다.

저건—— 마녀를 상정한 훈련이다.

"정답이야. 녀석들은 그날을 대비하고 있어."

부르르 떨렸다.

등 뒤에 누군가 있다.

어느 틈에 이렇게 접근했지? 전혀 눈치 못 챘다는 사실에 경악했다.

"스로우 데닝. 엿보기라니 취미가 꽤 점잖지 못한걸?"

"……어둠의 대정령. 요전에 넌 철저하게 방관한다고 말하지 않았었어?"

"밥값 정도는 해야지. 하지만 봐주면서 싸우는 것도 지치네."

가디언이 없다고 해도 로열 나이츠를 상대로 이토록 여유롭다니.

절대로 적대하기 싫다고, 진심으로 생각했다.

"근데 너, 여길 어떻게 알았어? 누구한테 들은 거야? 뭐, 생각하지 않아도 알 수 있지만. 로열 나이트 녀석들이 너한테 가르쳐줬을 리는 없고, 다시 말해서 그 공주님이네. 흥, 그 애는 제대로 된 수족이 없다고 생각했었는데…… 적어도, 살아남기 위해 너를 보냈구나. 기특한 구석도 있잖아. 다시 봤어."

어둠의 대정령.

그러나 녀석은 살며시 입을 닫고, 말없이 조용히 하라는 뜻을 전했다.

"하지만 너, 여기가 어떤 곳인지 아니? 기사들이 훈련에 이용하는 투기장이라는 시시한 대답은 그만두고."

"레크트라이클이 구축한 장거리 전이진의 출구── 아마도, 학원 어딘가랑 이어져 있겠지."

"어머나, 장하네. 그냥 멍하니 보고만 있는 게 아니라 제대로 살펴보고 있었구나. 자, 이쪽으로 오렴. 저 기사들한테 들키면 귀찮아지니까. 알지?"

로열 나이트들의 저 기백.

저놈들은 자신들의 손으로 제국의 마녀를 쓰러뜨릴 셈이다.

외부인이 된 내가 어슬렁거리며 나서도 환영할 리가 없다.

어둠의 대정령 씨에 이끌려서, 가볍게 키의 두 배 이상 되는 문이 달린 출구로 갔다. 등 뒤에서는 훈련이 재개된 모양이다. 이번에는 누구와 싸우고 있는 건지 돌아봤는데.

"……어."

조금 전까지 내가 있던 투기장이 깔끔하게 사라졌다.

다시 말해 결계 밖으로 나왔다는 것이다.

그대로 얼마간 걸어, 깊은 숲속에서 어둠의 대정령과 대치했다. 오면서 만에 하나에 대비해 기사국가란 나라가 저런 피난처를 만들었다는 것을 어둠의 대정령 씨에게 들었다.

왜 내가 모르는 것까지 알고 있는데. 그 정보 수집력이 너무 위협적이잖아.

"어둠의 대정령 씨. 나는 네 목적을 모르겠어. 학원 견학은 거짓말이지?"

"스로우 데닝. 이 나라는 꽤나 평화로워."

"얼버무리지 말라고. 나는 진심이야."

"백성은 무지하고, 여왕이 내세우는 깨끗한 말에 취하기만 했어. 프란이라면 엘리노어는 일국의 왕으로서 걸맞지 않다고 말하겠지. 그 애가 그렇게 생각하는 마음이 이해가 안 가는 건 아냐. 네가 어디까지 아는지는 모르겠지만, 엘리노어는 상당히──."

"어둠의 대정령. 우리 임금님을 깎아내리는 건 그만해."

"어머나. 공주님 말을 듣고서 왔으니까 너는 공주님 편을 들 거라고 생각했는데, 아니었니?"

"누구 편을 든다거나 그런 건 아무래도 좋아. 어둠의 대정령 씨. 한 가지 물어보자. 누구한테 이야기를 들어도 왕궁에서 있었던 싸움에서 네 이름이 나오질 않던데, 어떻게 된 거야? 마녀를 막기 위해 왕도로 간 거 아니었어?"

"상당히 파고드는구나. 너는 프란이랑은 엮이고 싶지 않은 거 아니었어? 그렇게 무서운 일이 있었으니까."

"나는 그저, 진실을 알고 싶을 뿐이야."

그렇다.

달튼 경이나 카리나 공주에게 들은 왕궁의 싸움. 그것에는 이상한 점이 있었다.

모두의 이야기에서 어둠의 대정령이 일절 나오지 않았다.

이 녀석은 마녀를 막기 위해서 학원장 일행과 왕도로 갔을 텐데.

어둠의 대정령 씨가 온힘을 다하면 마녀 따위 상대가 안 된다.

"나는 엘리노어에게, 이건 자기들 문제니까 손대지 말라고 부탁을 받았어."

"……뭐라고?"

"못 믿겠어? 그러면, 자기 나라 임금님을 너무 모르는 거야. 걔는 그런 여자거든? 프란이랑 궁합이 최악인 것도 수긍이 된다니까."

"설마, 무간섭을 관철할 셈이야?"

"그렇게까지 냉혹하지는 않거든? 프란에 관한 정보는 건네주지만, 나는 손을 대지 않는 것뿐이야. 아무리 그래도 어른도 아닌 학원 학생들에게 손을 대는 건 잘못됐다고 생각하거든. 그래서 이렇게 학원을 견학하면서 감시하는 거야. 뭐, 우리 프란 역시 아무리 그래도 학원 학생에게는 손을 댈 생각 없는 것 같지만."

"어둠의 대정령. 너 설마 마녀가 어디 있는지 눈치챈 거야?"

"그렇지 뭐. 하지만 안심해. 왕궁에서는 프란이 몇 명이나 병사들을 조종했지만, 지금 학원 인간에게 손을 댈 징후는 정말로 없으니까——."

"……믿어도 되는 거냐?"

"자, 스로우 데닝. 여기서 나도 가디언과 같은 충고를 해 둘게. 그 투기장에 있는 기사들 모습을 봤지? 아직 각오가 없는 너는 연관되지 말아야 해."

그렇다.

그들은, 로열 나이트들은 각오를 하고 있었다.

폐하를 위해서, 카리나 공주를 위해서, 스러진 동료를 위해서 아무것도 두려워하지 않는다.

"……어둠의 대정령. 새삼 물어보는데, 너는 누구 편이냐."

그녀는 언뜻 우호적이랄 수 있는 말을 던진다.

그렇지만 그 진의는, 나 같은 것은 전혀 어림짐작할 수가 없었다.

"착각하지 말았으면 좋겠는데, 나는 필요하면 힘을 빌려주겠다고 말했거든? 그러니까 나한테 불평하는 건 번지수가 틀렸어. 그렇네. 하고 싶은 말이 있으면 직접 본인에게 불어보는 게 어떨까? 여기서 기다리면 금방 나타날걸——?"

●

저녁 해가 어느샌가 저물어, 숲은 어둡고 차가운 밤의 어둠에 물드는 중이었다.

나는 어둠의 대정령이 한 말을 믿고서 그들을 계속 기다렸다.

진작에 빛이 사라지고, 단련에 힘쓰던 로열 나이트들도 학원으로 돌아갔다.

그렇지만 생각할 일이 잔뜩 있어서 한가하지는 않았다.

"……."

중간에 야생으로 돌아가 놀고 있던 바람의 대정령 씨가 보였는데, 말은 걸지 않았다.

극도로 긴장하고 있었는데, 그 녀석의 모습을 보자 어쩐지 안심이 됐다.

가출한다고 해 놓고는, 그 녀석은 그 녀석대로 이래저래 캐내고 있는 거겠지.

"……드디어 왔군."

어둠 속에서 두 사람의 모습이 나타났다.

발소리는 전혀 안 난다. 경계하는 게 아닌, 무의식적으로 그러는 것이다.

그들이 그들로 있기 위해 익힐 수밖에 없었던 기술이리라.

"──루돌프가 보기에, 후보생의 과반수가 훈련 도중에 탈락할 거라고 했었는데."

"선발한 유우기리의 눈이 빼어났거나. 혹은 학원을 습격한 몇 가지 위기가 후보생을 성장시킨 거겠죠. 인간은 목숨을 걸고 수라장을 헤쳐 나온 만큼 강해집니다. 그러나 폐하, 정말로 이 앞으로는 혼자서 가실 생각이십니까?"

"그래요. 이쪽도 움직이고 있지만 아무도 그 녀석의 움직임을 파악하지 못하고 있어요. 역시, 어둠의 대정령을 의지할 수밖에 없어요."

"진실이 아닐 가능성도——."

"우리에게 거짓말을 해도 그 녀석에게 메리트는 없잖아요. 이미 우리는 한배를 탔으니까. 그리고, 언제까지 숨어 있는 작정이죠? 나오세요."

눈치채고 있었군.

"——오랜만에 뵙습니다, 폐하."

"어머나. 지금까지 계속 매정한 태도를 보였는데, 대체 무슨 용건일까요?"

폐하는 다 아는 것 같으니, 두 사람 앞에 모습을 보였다.

가디언의 볼이 움찔 떨렸다. 아무래도 환영하지 않는 기색이다.

"카리나의 가디언이 된다는 얘기. 긍정적으로 검토 중이라 생각해도 되는 걸까요? 아니, 그런 느낌은 아니네요. 그러면, 무슨 용건일까요?"

즉시 무릎을 짚어야 할 상대이며, 내가 고개를 숙이기에 걸맞은 상대.

그렇지만 역시 거북하다. 어지간한 일이 없는 한, 적극적으로 연관되기 싫다.

이 사람은 사람의 인정에서 완전 반대쪽에 있는 사람이라는 걸 나는 알고 있으니까.

"이번 일, 진의를 알고서 가만있을 수가 없었습니다."

"대체 누가 그리 말이 많은 거죠? 그래도 당신이 카리나와 접촉했다는 말은, 로열 나이트들 가운데 나보다도 그 애를 편 드는 자가 몇 명은 있다는 거군요. 루돌프, 이건 성과예요."

"지당한 말씀입니다."

"그래서? 카리나는 뭐라고 했죠? 설마 이제 와서 약한 소리 를 했나요?"

"저는 카리나 공주님의 메신저가 아닙니다. 저는 제 의지로 이 자리에 있어요."

"그래요? 하지만 그 애한테 접촉했으니 알았겠죠? 저는 말이죠, 지금까지 그 애를 과보호했다고 반성 중이에요."

"그래서, 마녀의 미끼로 삼는 건가요?"

"……미끼? 후후, 그렇네요. 틀리지는 않았어요. 하지만 공 작가에서 태어난 당신이라면 이해해줄 거라고 생각했는데 요. 이건 제가 여왕으로 있는 동안 그 애한테 시련을 내릴 수 있는 마지막 기회니까요. 그런데, 어째서 카리나 쪽에 서는 건가요?"

"저는, 카리나 공주님의 친구니까요."

폐하의 생각과 마녀의 사상.

두 사람은 양립할 수 없다. 서로를 보고서 한눈에 서로의 본질을 느꼈을 것이다.

그렇지만 말려드는 이쪽은 참 이만저만한 고역이 아니다.

"역시 피는 못 속이네요. 지금 당신은 정말로 데닝 가문 사람다워요. 어둠의 대정령이 탐낼 법도—— 어머나, 화났나요? 그래요. 당신, 자기가 공작가 사람이라는 사실을 어지간히 싫어하는군요."

"……폐하. 그 녀석과 폐하의 싸움에, 카리나 공주님을 끌어들이지 말아 주십시오."

"그 애는 왕족이니, 나라를 위해서 희생하는 건 당연한 일이 아닌가요?"

"고를 수 있는 길이 하나밖에 없다면 저도 아무 말 않겠습니다. 하지만 진실은 달라요! 어둠의 대정령에게 조력을 청하면 모든 것이 해결됩니다!"

남에게 떠맡기자는, 너무나도 한심한 말이다.

사태의 해결을 남에게 맡기고, 나는 그 은혜를 받기만 한다.

"무슨 말을 하고 싶은지 알 수가 없네요."

"폐하와 그 녀석의 싸움에, 카리나 공주님을 끌어들이지 마시라는 뜻입니다! 폐하의 힘이라면 다른 방식도 얼마든지 찾을 수 있을 텐데요!"

내 말이 폐하의 마음에 닿았는지는 모르겠다.

그렇지만 나 말고 폐하에게 말할 수 있는 사람은 없다.

그리고 지금을 놓치면 여왕 폐하와 일대일로 이야기할 기회 같은 건 없을 테니까.

"폐하. 더 이상 오기 부리지 마십시오!"

그 순간, 살기가 구현화됐다.

부풀어 오르는 순수한 의사가 부딪혀온다.

"뭐 하자는 것이냐—— 스로우 데닝!"

광속의 일격.

한순간 시야가 하얗게 물든다—— 그렇지만, 격노한 가디언이 공격할 거라고는 예상하고 있었다.

돌프루이 경은 폐하를 부정하는 것을 용납하지 않는, 맹목적인 신자다.

그렇지만 돌프루이 경도 어둠의 대정령이 조력해 줬다면 왕궁에서 아무도 죽지 않았을 거라 이해하고 있을 것이다.

"루돌프. 이 사람은 당신 마음대로 하세요. 나는 어둠의 대정령에게 가겠어요."

"폐하! 이대로, 그냥 보낼 것 같나요!"

폐하와 직접 이야기할 기회는 이제 두 번 다시 없을지도 모른다.

이 기회를 놓치면 폐하가 무슨 생각을 하는지 알 수 없다.

"뭔가 착각하고 있는 것 같으니 가르쳐 주겠어요. 이건 이제 나라의 미래를 짊어진 싸움이에요. 마녀의 남하는 이미 남방의 나라들에 감지되어 각국에서 실력자가 지원하러 온 실정이죠. 그렇지만 다리스의 미래를 생각하면 그들의 힘을 빌릴 수는 없어요."

"어째서인가요! 빌리면 되잖아요!"

"남방 4대동맹의 맹주인 다리스가 이 정도 문제에 대처하지 못한다고 깔보는 상황에서 그 애에게 여왕 자리를 물려줄 수는 없어요. 이것은 제가 해야 할 일. 그 애에게 강한 다리스를 물려주고 싶다고 생각하는 제 마음은…… 이해를 바라지는 않겠어요."

"그래도── 폐하의 방식은 너무 제멋대로입니다!"

"약자는 어느 시대에든 먹잇감이 됩니다. 그것이…… 그때, 저희가 알게 된 모든 것이에요."

알고 있다.

폐하는 실천했다.

그래서 애니메이션에서도 이 사람은 강한 다리스를 목표로 전쟁을 주도했다.

"루돌프. 이제부턴 맡기겠어요."

돌프루이 경.

대치하기만 해도 주마등이 몇 번이나 보인다.

마녀와 마찬가지로 나보다 훨씬 높은 경지에 있는 남자.

그렇지만, 여기서 물러설 수는 없었다.

"돌프루이 경, 당신도 알고 있을 텐데요! 이대로 가면 폐하와 카리나 공주님의 관계는 무너집니다. 지금이 고칠 수 있는 마지막 기회라고요!"

"폐하와 공주 전하의 관계에 우리가 끼어들 여지는 없다."

"그 결과를 보고, 당신은 아무 생각이 없는 건가요!"

"다 안 다는 듯 말하는군. 네가 폐하의 무엇을 아나?"

"반대로 물어보겠는데요. 당신은 카리나 공주님의 뭘 아는 데요. 폐하는 카리나 공주님의 미래를 생각하여 행동한다고 말했지만, 진의가 카리나 공주님에게 전해지고 있다는 생각이 전혀 안 들어요."

"도스톨 제국이 얌전해지면 남쪽은 이제부터 군웅할거의 시대가 된다. 폐하는 수십 년 앞을 보고 있는 것이다. 언뜻 무자비하다는 생각이 들어도, 카리나 공주 전하의 미래를 생각해서 하는 일이다."

"카리나 공주님이 폐하의 상냥함이라는 걸 이해할 무렵에는, 두 사람의 관계를 수복할 수 없어요!"

"스로우 데닝! 외부인인 너는 아무 말이든 할 수 있겠지!"

내가 하는 말이 가디언을 자극하는 건 알고 있었다.

그래도, 말할 수밖에 없었다.

"주군에게 충언도 못하는 기사 따위는 옆에 둘 가치도 없어!"

"고작해야 일개 귀족이 나를 모욕하는 것이라면── 그에 걸맞은 각오를 한 거겠지."

고작 1초 사이에 나는 결계를 열 개 넘게 구축했다.

하지만 가디언은 그것을 모두 베어 버렸고, 어느샌가 나는 심장 앞에 겨눈 검을 아슬아슬하게 붙잡는 꼴이 됐다. 살기가 범상치 않지만, 그런 것에 겁먹을 생각은 없다.

"무영창은 거짓된 모습. 본래는 지팡이도 필요 없었던가? 분명히 많은 수라장을 헤치고 나온 것 같지만, 모든 사람을 구할 정도로 강하지도 않다."

"……그런 것쯤, 다 알고 있어."

"그뿐이 아니다. 너는 아직도 가족과 마주 보지 않고, 공작가의 저주에 묶여 있다. 자신의 미래조차 붙잡지 못하는 자의 말 따위, 나에겐 닿지 않아."

"다, 닥쳐……."

루돌프 돌프루이.

과거에는 약골이라고 불린 기사. 로열 나이트가 된 것이 기적이라 불리던 남자.

상대가 안 된다. 이 차이는 뭐지?

"폐하에게 불만이 있다면—— 네가 공주 전하를 지키면 되는 것이다. 아닌가?"

으, 으으윽.

거만한 설교에.

나는 이를 악무는 수밖에 없었다.

●

나는 터벅터벅 돌아왔다.

뭐가 나라의 체면이야. 폐하는 딸의 마음을 일절 고려하지 않을 정도로 나쁜 부모다.

그러나 마녀의 침입이 이미 타국에 알려진 건 예상 밖이었다.

그리고 그 투기장에 걸려 있는 전이의 마법. 빛의 대정령 씨는 이미 대성당에서 투기장으로 전이를 확실히 실행하기 위해 왕도에 잠들어 있는 걸까?

"……빌어먹을. 남방의 맹주로 계속 군림하는 것이 그렇게 중요한 거야?"

아아, 젠장. 생각이 멈추질 않는다.

물론 여왕의 결단으로서는 옳다.

찍소리도 안 나오는 정론이며, 그렇기에 짜증이 흘러넘쳤다.

"나도 그렇고. 빌어먹을……."

짜증은 나 자신에 대한 것도 마찬가지다.

나에게는 힘이 없다. 지금까지는 공작가의 권력으로 제멋대로 굴었다는 자각이 있지만, 이번에는 다르다. 왜냐하면 상대는 이 나라에서 가장 높은 분이기 때문이다.

폐하의 뜻에 반대하는 것은, 나라에 대한 반역을 의미한다.

……이렇게 되면 무리해서 상황을 알려 하지 않는 편이 좋았을지도 모른다.

"아앗! 드디어 돌아왔어요!"

학원으로 이어지는 문 앞에서 누군가 기다리고 있었다.

내가 밖에 나간다는 말은 아무한테도 안 했다. 그런데 이런 시간에 학생이 한 명 있다. 게다가 여자애 같았다.

누구를 기다리는 거지? 그렇지만 귀에 익은 목소리는 분명히 나를 향하고 있었다.

"사람 마음을 가지고 놀다니, 이 최악의 남자, 스로우 데닝! 제가 사람을 잘못 봤어요!"

어, 나? 지금 내 이름 불렀나?

"뭔가요……. 그 얼굴은! 설마 잊은 건가요! 오늘 수업이 끝나면 함께 시간을 보내자고 약속을 한 건 그쪽이었잖아요! 당신 탓에, 나는 너무나 창피했어요! 용서 못해요!"

"함께 시간을, 보내? 어, 나랑 로레느가……?"

"그래요! 약속을 잊어버리다니…… 이날을 너무나 기대하고 있던 내가 바보 같지 않나요! 죽어, 스로우 데닝!"

"꾸울!"

짜악. 일격이 깔끔하게 들어왔다.

놀라서 굳어 버렸다. 찌릿찌릿하는 느낌이, 몇 초 뒤에 찾아와 제정신을 차렸다.

전혀 아프진 않은데, 지금 나 뭘 당했지? ……따귀를 맞았나?

"조금 멋있어졌다고 해서 우쭐대지 말아요! 안녕이다! 예요!"

따귀 자국이 남은 뺨을 누르면서, 혼자 생각했다.

그러고 보니 또 한 번 놀자고 약속을 했었지. 하지만 오늘이었다니…… 위험해, 완전히 잊고 있었다. 우와…… 나 최악이잖아. 최악의 돼지 자식이다.

기대만 잔뜩 부추기고, 방치하고. 내가 가장 싫어하는 짓을 해버렸다.

엎친 데 덮친 격이라는 건 이런 날을 말하는 거겠지…….

"분명히, 나는 최악이야……."

달튼 경의 부탁으로 시작해서 가디언에게 얻어맞고, 오늘은 긴 하루였다.

●

"야, 들었냐? 로레느가 그 녀석한테 바람을 맞았대."

"용서 못해, 데닝. 우리의 로레느를! 대체 자기가 뭐라고!"

쥐구멍에라도 들어가고 싶다는 건 이런 날을 말하는 거겠지…….

다음 날, 학원에는 소문이 흐르고 있었다.

로레느 양이 그 스로우 데닝을 찼다는 소식이었다. 누가 보고 있었던 모양인지, 내가 있는 힘껏 그녀에게 따귀를 맞은 걸 모두 알고 있었다.

"저기 있어. 그 사이클롭스. 얼굴 좀 봐. 세상이 끝난 것 같은 표정인데."

"우쭐해지니까 저런 꼴을 당하는 거야. 하지만 다행이야. 로레느가 데닝의 마수에 당하지 않아서."

나쁜 소문일수록 퍼지는 게 빠르단 말이지. 재미있냐?

젠장, 이 녀석들은 그렇게 한가한가? 부탁이니까 평소처럼 왕녀가 어쩌고 폐하가 어쩌고 하며 소란을 피우고 있으라고. 그리고 내 낯빛이 안 좋은 건 다른 이유다, 바보 자식들아.

"스, 스로우 님. 물어보지 않으려고 했습니다만, 역시 알고 싶어서 견딜 수가 없습니다. 대체 무슨 일이 있었습니까?"

"냅둬라, 비젼. 잠시 나는 조개가 되기로 결심했어."

"조, 조개 말인가요……? 그건 또 어째서죠?"

"이렇게 딱 껍질을 닫고서 듣기 싫은 정보는 전부 차단하는 거지."

"아아, 그 애와 연관된 소문을 듣고 싶지 않다는 거군요. 그러면 저는 더 이상 아무 말도 안 하겠습니다."

모두에게는 스캔들로 이어지는 사건이겠지.

그러나 최악은 이어지는 법이다.

"하지만 스로우 님, 조개가 될 수는 없을 것 같습니다."

"어째선데?"

"저기에 샬롯 씨가 악마 같은 표정을 짓고 있으니까요── 수업, 빼먹으시겠죠? 선생님께는 스로우 님에게 지병인 복통이 일어났다고 말해 두겠습니다."

"──스로우 님! 정좌! 당장 정좌! 자! 얼른 하세요! 정좌아!"

"네⋯⋯."

"이야기는 들었어요! 저는 창피하고 한심해서, 바깥을 다닐 수가 없어요!"

샬롯은 남들 눈이 없는 골목으로 날 끌고 가더니, 정좌를 강요했다.

펄펄, 완전히 머리칼이 곤두설 기세로 화를 낸다.

이 정도로 머리끝까지 화가 난 샬롯을 보는 건 처음이다.

너무나 큰 박력에, 나는 얌전히 샬롯의 말에 따라 정좌를 하고 있었다.

"샤, 샬롯. 용서해 줘."

"어머나! 스로우 님 입에서 그런 한심한 말을 듣게 되다니. 저는 꿈에서도 생각을 못 했어요! 스로우 님은 지금 자신이 어떤 입장으로 학원에 있으시는지, 조금이라도 생각한 적이 있나요? 사실이 어떻든── 여자애를 울렸다는 소문이 학원 전체에 퍼지는 건 공작가로서 아주 아주 좋지 않은 일이에요! 알고는 있는 건가요? 스로우 님!"

"네, 네에⋯⋯."

아무 말도 못한다.

정좌를 한 채, 샬롯의 이야기를 들었다.

"혼자서 다이어트에 힘을 쏟더니…… 저는 드디어 스로우 님이 자립심에 눈을 떴다고 생각해서, 굉장히 기뻤단 말이에요! 요즘에는 아주 멋있어져서, 학원 사람들의 평판도 좋아져서……. 저도 스로우 님의 종자로서 아주 기뻤는데……. 조금 자신이 인기가 있다고 생각하고는 여자애를 꾀면서 껄렁껄렁! 스로우 님에게는 절조라는 게 없나요!"

"죄, 죄송합니다. 하지만 꾀다니——."

"마음이 있다는 태도를 보이는 것도 안 돼요! 공작가 사람은 누구든지 그렇게 가볍게 연애를 할 수 있는 신분이 아니라는 건 알고 계시죠? 어떤가요, 스로우 님! 그래서는 알리시아 님도 가엾잖아요!"

드릴 말씀이 없습니다요.

우쭐해져서는 그럴 생각도 없으면서 두 번째 약속을 하다니.

그리고 가만 생각해 보면, 분명히 다음 약속을 한 사람은 나였다. 그때 일방적으로 말을 한 건 로레느 쪽이었지만, 틀림없이 나도 즐거운 시간을 보냈다. 공통의 취미가 있었던 건 아니지만, 그저 수업 이야기를 하거나 학원의 이야기를 하기만 하는 걸로 시간을 잊을 수 있었다. 그리고 알리시아가 가엾다는 샬롯의 말뜻은 잘 모르겠지만, 그걸 건드리면 샬롯이 또 화를 낼 것 같으니까 그만두자.

"스로우 님은 분명히 몰라볼 정도로 살도 빼고 어엿해졌지만요! 혼자 두면 무슨 짓을 할지 알 수가 없다는 걸, 자알 알았어요! 스로우 님이 여자애를 울렸다고 마로 님한테 보고하겠어요!"

"샤, 샬롯! 아무리 그래도 그것만큼은 봐줘! 부, 부탁해! 이렇게 빌게!"

필사적으로 고개를 숙였다.

마로는 공작가의 메이드장. 아버지에 맞먹는 권한을 가졌다.

그 할머니한테 들키면 공작가로 끌려서 돌아가게 된다. 여자애한테 빠져 있었다니 인상이 최악이다. 마로는 그런 껄렁대는 걸 엄청 싫어한단 말이다. 아버님도 옛날에는 꽤 놀러 다녔다는데, 마로에게 몇 번인가 철권을 받은 탓인지 지금도 고개를 못 든다. 어머님도 모르는 아버님의 비밀을 그 녀석은 잔뜩 알고 있는 것이다.

꿀꿀 말하면서, 나는 샬롯에게 그것만은 그만두라고 매달렸다.

그러자, 어느샌가 샬롯이 떨고 있는 걸 깨달았다.

"후, 후후."

"샤, 샬롯 씨? 갑자기 웃고…… 왜 그래?"

어, 이거.

혹시, 웃고 있어?

"……에이, 농담이에요. 티나한테 들었어요. 티나가 스로

우 님한테 시킨 일이었다는 거. 하지만 스로우 님이 이렇게 쪼그라드니까, 그만 재미가 있어서——."

"어."

"마로 님이 가주님께 그렇게 강하게 말할 수 있는 이유를 조금 알았어요."

"그러면 마로한테 이른다는 건……."

"그런 짓 안 해요. 왜냐면 스로우 님을 위한 일이 못 되니까요."

"하, 하아아아……."

너무 안심해서 힘이 풀려버렸다.

"그, 렇, 지, 만! 스로우 님이 약속을 어긴 건 사실이에요! 스로우 님은 그런 자신의 행동을 더 자각해야 해요! 스로우 님의 겉모습이 변한 뒤부터, 여자애가 다가오는 건 당연한 거예요! 왜냐면, 고, 공작가니까요!"

이건 그건가?

샬롯의 말은, 행실이 멀쩡하면 인기가 생기니까 정신 좀 차리라고 하는 건가?

그러면 이건 설교가 아니다. 질타와 격려다.

하지만 나는 딱히 누구에게나 인기를 얻고 싶은 게 아냐. 샬롯에겐 나의 마음, 전해지지 않겠지. 이제 차라리 지금 고백해 버릴까? 예전에 살을 빼면 말하고 싶은 게 있다고 했었다. 그렇지. 나는 충분히 살을 뺐잖아. 이제 괜찮지 않을까? 사이클롭스급 근육이라는 말을 듣고서 더 이상 살을 빼는 자신은 상상도 못하겠으니까.

고백한다면—— 지금이 아닐까?

"샬롯, 좀 다른 이야기인데, 괜찮을까?"

"이야기를 돌리려고 해도 소용없어요. 하지만, 조금이라면 들을게요. 뭔가요?"

"저, 저기이……."

그러나 말이 없어지는 나. 역시 고백은 힘들어.

역시 그런 분위기를 만들어야지…… 이렇게, 지금부터 고백합니다 같은 그거.

나는 잘 모르겠지만, 그런 로맨틱한 분위기가 아닐까?

"뭔가요? 뭔가요오?"

"꿀, 꾸울……."

샬롯의 얼굴을 힐끔힐끔 바라보는 나는 참으로 기분 나쁜 사이클롭스겠지.

그렇게, 꿍얼꿍얼 고민하고 있으니 누군가의 이야기가 떠오른다.

"바, 바람의 대정령 씨가 샬롯이 요즘에 전보다 시간을 몇 배 들여서 화장에 힘을 쓴다고 했거든! 향수 신상품이라거나! 나도 상담해 줄 수 있을 거 같아서!"

"어."

위험해.

난 무슨 소릴 하는 거지.

내가 향수의 신작 같은 걸 어떻게 상담해 주겠냐고!

하지만 멈추지 않는다.

"알리시아도 요전에 샬롯하고 관련해서 무슨 할 얘기가 있다고 하더라! 혹시 샬롯——."

"스, 스로우 님. 설마, 제가 편지로 고백받은 거, 아, 알고 있었나요!!"

새빨개져서, 샬롯이 입가를 손으로 가렸다.

"……꾸헤에?"

나는 말을 잇지 못했다.

아마도, 그때 나는 어지간히 재미있는 표정이었을 것이다.

자각은 있다. 세상이 와르르르 무너지는 소리가 들렸으니까.

"꾸, 꿀꿀…… 꿀, 꿀꿀콜록."

그리고, 나는 무지막지 사레들렸다.

너무나 큰 충격에 말을 잃었다.

하지만 기다려. 샬롯이 인기가 없을 리 없어.

애니메이션에서도 러브레터 같은 거 잔뜩 받았었고, 용모는 학원에서 톱 레벨.

지금까지는 단순히 그 돼지 공작의 종자라서, 다들 손대지 않았을 뿐이다.

"콜록꿀꿀, 꿀꿀꾸우울."

"스로우 님, 괜찮으세요?"

"괘, 괜찮아꿀. 다만, 조금 너무 깜짝 놀라서그래꿀꿀."

"어. 혹시 모르셨던 건가요——."

"모, 몰랐어. 알리시아는 그저 샬롯이 요즘에 즐거워 보인다고 했을 뿐이니까."

"어……에에에에에에에에에에."

"하, 하지만 깜짝 놀랐어. 샬롯이 고백을 받다니……."

"……스로우 님. 깜짝 놀랐다는 건, 무슨 뜻인가요? 저는 그렇게 인기가 없어 보였나요?"

"아, 아냐! 바, 반대야, 반대!"

조금 다크 샬롯이 될 것 같은 기운을 느끼고, 황급히 말했다.

"나는 솔직히…… 언젠가 이런 날이 올 거라고 생각했었어. 왜냐면 샬롯은, 그게…… 겉치레가 아니라 엄청 귀여우니까."

"어. 제가, 그게…… 어!"

"……하아. 그렇단 말이지. 샬롯의 귀여움을 숨길 수 있을 리 없었어."

샬롯에게 러브레터.

나만 귀여움을 알고 있다고 생각했다. 하지만, 시간 문제였구나.

샬롯이 귀엽다는 건 너무나 새삼스러운 이야기다.

나는 그런 건 만났을 때부터 벌써 10년 이상 생각해 왔으니까.

그나저나 어디 사는 누구지.

우리 샬롯에게 러브레터 같은 걸 건네다니. 하아. 이제 어떻게 되는 거지.

"저기…… 스로우 님. 지금 그건 본심인가요……?"

"어. 당연하잖아. 무슨 말이야?"

"그, 그랬었나요……. 하, 하지만 저는! 분명하게 거절했어요! 스로우 님이랑 달라서 저는…… 한결같거든요! 마음이 있다는 태도를 보이지 않았어요!"

그렇군. 샬롯은 한결같구나.

하지만, 아아, 이제 안 돼. 그럴싸한 말이 아무것도 안 떠오른다.

그러니까, 신경 쓰이는 부분만 부정해 주려고 생각했다.

"샬롯……. 내가 더…… 한결같아── 믿어 주지 않을지도 모르지만……."

막간 흰 백합의 공주님

한 소녀가 밤의 어둠 속을 걷고 있었다.

온몸에서 충실감을 발산하며 웃음이 자연스럽게 흘러나온다.

손에는 교과서 한 권을 들었고 실버 헤어가 바람에 나부낀다.

밤, 공부에 집중할 수가 없을 때.

이렇게 학원을 산책하는 것이 그녀의 은밀한 즐거움이었다.

"후후훗."

웃음이 나오는 이유는, 그녀 자신이 스로우와 마찬가지로 학원의 학생이 됐기 때문이다.

기사국가에서 유력 귀족의 자제가 모이는 마법학원. 그녀는 다리스의 미래를 짊어진 젊은이들 중에서도 특히 그 언동과 행동이 주목받는 스로우 데닝의 전속 종자다.

요즘 들어서 커다란 걱정이 하나 해결된 그녀는 인생을 만끽하고 있었다. 한때는 스로우가 여자애를 꾀었다는 소문을 듣고서 심장이 따끔따끔, 그를 뒷바라지하는 몸으로서 창피하고 한심해서 조금 복잡한 감정에 흔들리던 그녀였다.

그러나 모든 것이 오해라는 걸 알고서 가슴속이 상쾌해졌다.

"스로우 님이 남들처럼 수치심이라는 걸 자각하신 것만으로도 이렇게 안심할 수 있다니……."

지금 학원에서 자신을 어떻게 생각하고 있는지 확인을 하고 싶었다니.

지금까지 주위의 평판 따위 전혀 신경 안 쓰던 스로우였다. 드디어 자신의 평판을 의식하기 시작한 것은 빛나는 미래를 향한 커다란 전진이다.

"하지만 그렇게 인기가 생길 줄은 몰랐다니……. 스로우 님은 너무 무관심해. 지금 학원에서 스로우 님이 말을 걸면 기뻐하지 않는 여자애는 없지 않을까?"

지금의 스로우가 마음만 먹으면 이 학원에서 함락하지 못할 여자애는 없지 않을까 생각하는 가운데, 그가 한 여자애한테 말을 걸었다고 학원이 대소동을 일으켰다.

실제로 스로우가 말을 건, 학원 서열에서도 상위에 속한 여자애는 굉장한 기세로 들떴다. 스로우는 본래 대귀족 출신에다 장래가 촉망받는 인재다. 더욱이 요즘엔 본래의 신동이었던 모습을 되찾으려고 하며, 성격도 멀쩡해졌다는 평가를 받고 있었다.

"하지만 스로우 님이 여자애한테 말을 걸었다는 소문을 듣고서, 그렇게 화가 나다니……."

학원 재건에 따라 정돈된 정원 안.

설치된 벤치에 앉아서 하늘을 올려다보면 무드 만점의 밤하늘이 있다.

학원에서도 다섯 손가락에 꼽히는 로맨틱한 공간이다. 만약, 지금 옆에 그가 앉아 있다면—— 이런 생각을 공상할 정도로 반짝반짝 빛나고 있었다.

"……역시, 그런 거겠지."

분명하게 인정하는 건 생각보다 힘들어서, 샬롯은 자기 마음을 미처 감당하지 못하는 기색이 있었다.

독점욕, 은 아니라고 생각한다. 그러나 샬롯은 영리한 여자애니까 그 마음을 자신의 가슴속에만 담아두려고 생각하고 있었다.

생각하고 있었던 것이다.

"하지만…… 내가 러브레터를 받았다고 듣고서 그렇게 당황하다니. 어쩌면 스로우 님은 나를……."

짚이는 구석은 몇 가지나 있었다.

애당초 샬롯은 귀찮은 일이 산더미처럼 있는 망국의 공주다. 자기한테 엄청난 호의가 있지 않는 이상 이렇게까지 해 줄까? 샬롯은 그렇게 생각하기 시작한 것이다.

종자와의 은밀한 사랑, 세속에는 흔해 빠진 이야기이기도 했다.

"단정하는 건 금물이지만…… 틀렸다면 너무나 창피하지

만…… 그래도……."

　종자는 의도치 않게 진실에 도달해 버렸다.

　그리고 스로우에 대한 마음이 바로 샬롯이 화장에 눈을 뜬 이유이며, 바람의 대정령을 상대하는 시간이 격감한 이유의 진실이기도 했다.

　바람의 대정령은 샬롯의 아군이지만 인간의 심리에는 너무 둔하다. 어쩌면 샬롯의 진의를 깨닫고서 스로우에게 숨겨진 마음을 폭로할 가능성도 있었다. 연애 면에서 샬롯은 바람의 대정령을 도무지 믿을 수 없었다.

　"역시 내 착각이라면 더 이상 창피할 일은 없지만……."

　벤치에 앉은 채 홀로 불평했다.

　공부하다가 기분전환을 하러 왔는데, 벌써 수십 분이나 같은 생각이 머릿속을 빙글빙글 돌고 있었다. 어쩐지 모르게 스로우의 호의를 눈치는 채고 있지만, 대체 어느 쪽일까?

　친애 쪽이라면 너무나 창피하다. 그래서 자연스럽게 캐 봤다. 그리고 장기전이 될 거라 짐작하고 있었다. 그래서 샬롯은 이틀에 스펙 향상을 꾀하고 있었다. 스로우에게 뒤처지지 않는 것은 어렵지만, 그에게 걸맞은 사람이 되기 위해서 열심히 공부를 하고 있는 것이다.

　실제로는 서로 좋아한다는 걸 양쪽 다 모른다. 그때였다.

　"옆에, 앉아도 될까?"

　누군가가 살며시 자리에 앉았다.

설마 누가 보고 있었나? 딱히 곤란할 건 없지만, 너무나 창피하다. 샬롯은 계속 펼쳐둔 교과서를 닫고서.

"꽤, 괜찮은데요…… 아. 딱히 옆자리가 아니라도 앉을 장소는 잔뜩 있는데요——."

그리고—— 눈길을 빼앗겼다.

별의 반짝임이 비추는 금발.

길거리를 걸으면 누구나가 돌아볼, 영혼을 뒤흔드는 반짝임.

여유가 느껴지는 조용한 태도.

"안녕? 스로우 군의 종자. 밤하늘 아래서 공부라니 꽤 로맨틱하네."

그곳에 있는 것은 이 나라의 왕녀님.

"카, 카리나 공주님! 저, 저저! 아, 자리, 비킬게요! 실례했습니다!"

반사적으로 황급히 일어서려고 했지만 힘이 풀려 버렸다.

본래는 자기도 카리나 공주와 비슷한 신분이었는데, 참으로 한심한 모습. 지금 샬롯은 평민이기 때문이다.

옆에 찾아온 것은 기사국가의 공주님. 리틀 다리스. 하지만 샬롯이 반사적으로 뛰어오른 것은 그것 때문만이 아니다. 들떠 있었기에, 잊고 있었다.

자신이 그들과 거리를 두어야 하는 이유가 있었다.

"괘, 괜찮아? 그렇게 놀랄 줄은 몰랐어."

"저, 저기! 저 같은 게 아니라, 스, 스로우 님한테, 용건이 있으신 거죠?! 금방 불러올게요! 아직 깨어 있을 테니까요!"

일어서서 스커트에 묻은 먼지를 털어내는 샬롯.

"아니, 스로우 군한테는 딱히 용건이 없어. 오늘은 말야. 너를 만나기 위해서 찾아왔어. 네가 이렇게 밤에 여기 온다는 얘기를 들어서."

"저, 저 말인가요?"

"그래, 너야. 나는 있지? 샬롯. 너랑 이야기를 하러 왔어."

샬롯은 주위를 확인했다.

주위에는 로열 나이트가 몇 명이나 있다. 그 날카로운 시선을 받고서 샬롯은 당황했다.

보잘것없는 자신에게, 다리스의 공주가 어째서――.

"유우기리가 말이야, 휴잭의 공주가 살아있다고 말했을 때는 정말로 놀랐어."

카리나의 말투는 가벼운 잡담 같은 느낌이다.

그러나, 친구들끼리 나누는 것 같은 그것이 샬롯에게는 무엇보다도 큰 약점이다.

"――어."

휘청, 현기증을 느끼고.

샬롯의 시야가 새하얗게 물들었다.

너무나도 갑작스러운 일에 대처하지 못하고, 마치 뱀 앞의 개구리 같았다.

 사아악. 핏기가 가셨다.

 끝났다. 주마등처럼 기억이 휘몰아친다.

 들켰다. 들켜 버렸다.

 교과서가, 땅에 떨어지는 소리만 공허하게 울렸다.

 "윽, 아니, 아!"

 "꼴사나운걸. 언제나 냉정한 스로우 군하고는 정반대야. 그러고도 공작가의 전속 종자야?"

 "그러니까, 아니."

 "뭐가 아니니? 너는 샬롯 릴리 휴잭이야. 바람의 대정령과 함께 살아가는 흰 백합 공주잖아?"

 들떠 있었기에, 완전히 잊고 있었다.

 자신의 정체가, 다리스에 들켰을지도 모른다는 것을.

 눈물이 번진 시야에 카리나 공주가 비쳤다.

 그러나 무슨 말을 하는지 알아들을 수가 없었다. 귀가 소리를 거절하고 있었다.

 만약 이 자리에 스로우 데닝이 있었다면 이야기는 달라졌으리라. 그는 온갖 케이스를 상정하고 있었다. 멋으로 차기 공작가 가주의 교육을 받은 게 아니다. 이야기를 한 것이 로열나이트였다면, 샬롯의 반응을 확인하고 전투마저도 불사할 각오를 하고 있었다.

 그러나 지금, 샬롯은 혼자였다.

"자, 잠깐. 이러면 내가 괴롭히는 것 같잖아! 누구, 물! 크슈나, 물 가져와! 마법의 물 말고! ——자, 여기. 천천히 마셔! 천천히! 사레들리니까!"

이미 샬롯은 시간 감각도 잊고 있었다.

그저, 자신이 너무나도 한심해서 어쩔 수가 없었다.

"이제 진정했어? 네가 소란을 피우면 이쪽도 난처하거든."

그러나, 샬롯은 드디어 자신을 되찾았다.

아무리 그래도 어린애가 아니니까.

비밀이 알려졌다고 하지만, 그 반응이 너무나도 보통을 벗어나 버렸다.

조금이라도 긍지를 되찾기 위해서, 손을 꼬옥 굳게 쥐고서 옆에 앉은 카리나를 마주 보았다.

"저한테, 무슨 용건인가요?"

더듬거리면서도 확실하게 말했다.

힘을 준 진지한 표정으로.

"……."

그러나. 참으로 헐렁한 분위기였다.

본래 긴박해야 할 장면이지만, 진지하지가 않다.

그렇게 엉엉 울고 나서 새삼스러운 것이다.

"부정하진 않는구나. 뭐, 그렇게까지 흐트러졌으니까 다 알 수 있는 거지만."

"그 일에 관해서는 꼴사나운 모습을 보여드렸어요. 하지만, 이제 괜찮아요."

생각을 다잡았다. 어쨌든 본래는 공주님이라는 프라이드가 있다.

이제 와서 늦었지만, 샬롯은 스로우와 달리 제대로 된 감성을 가지고 있었다.

그리고 여기서부터 만회할 수 있다는 말도 떠올렸다.

"그래서, 저기. 스로우 님을 불러오지 않아도 될까요?"

스로우를 의지하는 건 지금도 옛날에도 변함이 없지만.

"아까도 말했지. 스로우 군은 상관없어. 나는 너랑 이야기를 하고 싶거든."

샬롯은 생각했다.

과연, 자신이 혼자서 이 난국을 헤쳐 나갈 수 있을까?

"하지만, 역시 스로우 군도 알고 있는 거구나. 아니지, '스로우 군만 알고 있었구나'라고 바꿔 말하는 편이 좋을까?"

"……."

무리일 것 같다.

일단은 괜한 말을 하지 않도록, 침묵이다.

"일단 안심해. 네 정체를 아는 자는 놀랄 정도로 적고, 앞으로 늘어날 예정도 없어. 저 기사들의 입도 무거우니까 걱정할 거 없고. 그들은 일 때문에 여러 가지 불편한 진실을 보고 들었어. 그것은 네 정체와 마찬가지로 무거운 게 몇 가지나 있지."

"그러면 어째서…… 저한테 무슨 요구를 하실 셈인가요?"

"섭섭하네에. 비밀을 빌미로 협박할 생각은 없어. 그러니까 그렇게 긴장하지 않아도 돼. 나는 그저, 너랑 수다를 떨고 싶었을 뿐이니까."

"수다, 말인가요?"

"별것 아닌 수다야. 의미 같은 건 없어. 망국이 된 그 휴잭의 공주가, 설마 우리 나라의 학원에 다니고 있다니, 순수하게 흥미가 있어서 그래. 딱히 이상한 얘기도 아니잖아? 나라의 규모에 차이는 있지만 우리는 본래 같은 처지니까."

"……."

"믿지 못하나 보네에. 아무것도 안 한다고 했는데…… 그럼, 어째서 내가 너의 비밀을 이 자리에서 밝혔는지, 순서대로 이야기할게. 응. 나는 그럴 권리가 있다고 생각하니까."

"궈, 권리인가요……. 그, 그렇네요……."

"일단 말야. 휴잭의 공주님. 나는 네 학원 생활을 알고 싶어."

"어……? 저의, 학원 생활 말인가요?"

"그래. 너의 매일을. 뭘 생각하고 어떤 생활을 보내는지. 사소한 것도 좋아. 요즘 수업을 듣기 시작했다는 얘기는 알고 있으니까."

너무나도 갑작스럽다.

다리스의 왕녀는 샬롯의 학원생활을 바라는 모양이다.

그러나, 왕녀님이 들을 가치가 있다고 생각할 수는 없었다.

"샬롯. 나는 예전에 이 학원에 왔을 때 생각했어. 부모 곁에서 떨어져 같은 세대의 아이들과 함께 지내면 얼마나 즐거울까 하고. 하지만 우리 같은 처지에서는 있을 수 없는 일. 알리시아 공주라는 예외가 있지만, 그 애는 특수해. 그러니까 나랑 비슷한 처지였던 네 입으로 듣고 싶었어. 그건 내가 절대로 체험할 수 없는 일이니까."

그 말에는, 조금이나마 샬롯도 느끼는 바가 있었다.

학원에서는 스로우나 알리시아 같은 학생이 주역이다. 학원에 있는 메이드나 종자 같은 존재는 그들의 일상을 지탱하는 무대 뒤편에 있으니까.

그래서 샬롯은 필사적으로 말했다.

자신이 보낸 하루하루, 나날의 기억. 열심히 적은 교과서. 스로우가 여자애랑 데이트를 한 것. 그리고 요즘 러브레터를 받았다는 것도.

샬롯의 마음에 있는 것은 어떻게 이 자리를 헤쳐 나갈 것인가, 그것뿐이다.

그래서 공작가에 보내고 있는 스로우의 학원 리포트와 동등한 농도로 얘기했다.

그리고 카리나는, 특히 연애 이야기가 되자 몸을 앞으로 내밀 정도로 흥미를 가졌다.

"어머! 러브레터?! 그런 거 책에서나 나오는 이야기라고 생각했어. 실제로 있는 거야?!"

"공주 전하—— 목소리를 낮춰 주십시오."

"크슈나. 지금, 재미있는 부분이니까 조용히 해!"

이건 혹시? 샬롯은 그렇게 생각했다.

카리나라는 소녀는 바깥 세계에 굶주려 있었다.

자신과 같은 처지로, 학원 생활을 동경하고 있을지도 모른다.

전에 학원을 찾아왔을 때도 처음에는 계속 방에 틀어박혀 있었다고 샬롯은 기억하고 있었다.

그러니까 그녀에게 한껏 즐거운 이야기를 해 주자고 생각했다.

처음에 경계하던 것도 잊고서 때로는 웃고, 때로는 공감하고, 어쩌면 친해진 걸지도 모른다.

샬롯이 그렇게 생각하기 시작할 무렵이었다.

"저기…… 카리나 공주님. 이제 와서지만, 저한테 어째서 그런 걸 묻는 건가요?"

하지만 샬롯은 알 수가 없었다.

어째서 이렇게 에두르는 방식일까?

사람들 눈에 띄면 위험하다는 이유라도, 좀 더 다른 방식이 있을 텐데.

"그건 말야. 내가 이제 곧 죽을 가능성이 있어서 그래."

"……공주 전하! 그것은!"

주위를 경계하고 있던 로열 나이트가 주의를 주었지만, 카리나는 무엇 하나 신경 쓰는 기색이 없었다.

　어쩐지 달관한 기색으로 기사에게 고했다.

　"샬롯은 아무한테도 말 안 해. 그런 애야. 그러면, 너한테는 스로우 군에게도 말하지 않은 비밀을 가르쳐 줄까?"

　"카리나 공주님……! 농이 지나치십니다!"

　기사국가의 공주가 키득 웃었다.

　"샬롯. 나는 어머님이랑 약속했어. 네 비밀을 밝히지 않는 대신, 도스톨 제국의 마녀 프란시스카의 미끼가 되겠다고."

　그리고 샬롯은 숨쉬는 것을 잊었다.

●

　"스로우 군에게는 말했는데, 그걸 봐서는 그가 아무것도 알려주질 않았나 보네. 좋겠다아, 부럽네. 그런 식으로 너는 계속 아무것도 모른 채 보호를 받은 거구나. 그러면, 가르쳐 줄게. 나한테 무슨 일이 있었는지."

　샬롯도 생생하게 기억하는, 도스톨 제국에서 온 방문자.

　유우기리 선생님을 조종한 공포의 하루가 지나고, 어둠의 대정령 일행과 왕도로 장소를 옮겨서 자신들과는 인연이 끝났다고 생각하고 있었다.

　"마녀는 아직 살아 있고, 어머님을 증오하고 있어. 양쪽 다 진심이고, 앞으로 어머님이 죽거나 마녀가 죽거나 하는 양자

택일밖에 없을 거야."

그러나 마녀와 싸움은 이어지고 있었다.

카리나는 샬롯에게 학원에 방문한 목적을 말했다.

──왕궁에서 격렬한 싸움이 있었다는 것.

──다음은 만전의 준비를 하고 마녀를 맞아 결판을 내는 것.

"그리고 그 마녀는 어머님을 완전히 굴복시키기 위해 나를 노리고 있어. 그걸 들었을 때 말야. 어쩌면 이 이야기는 스로우 군에 대한 은혜를 갚는 데 쓸 수 있지 않을까 생각했어."

그리고── 샬롯의 비밀을 지키는 대신이라면, 인질이 되어도 좋다고 직소한 것.

마지막 하나는, 카리나가 스로우에게도 말하지 않은 비밀이었다.

"샬롯. 어머님은 말야. 마녀 건이 정리되면 즉시 너를 회유해서 이용할 생각이 가득했어. 하지만 아까 말한 것처럼, 우리는 너를 해치지 않을 거야."

뜻밖이었다.

자신의 존재는 휴잭 탈환의 대의명분.

그뿐 아니라 다리스가 남방에서 지위를 강화하기 위한 도구가 된다.

"너를 눈감아주는 이상의 이익을 내기 위해, 나는 마녀를 불러들이는 미끼가 되겠다고 어머님이랑 약속을 했어."

"위, 위험하잖아요! 카리나 공주님!"

"그렇네. 스스로도 바보 같은 짓을 한다고 생각했어. 하지만 그렇기 때문에 어머님이, 기사국가의 여왕 엘리노어 다리스가 샬롯을 눈감아줄 가치가 있다고 판단한 거야. 어머님은 걸핏하면 나도 예전의 당신처럼 용감해지길 바란다고 하니까."

그렇게 말하는 카리나는 방금까지 샬롯의 이야기를 즐거운 기색으로 듣고 있던 모습과는 다른 사람 같았다.

유우기리를 세뇌한 희대의 마녀, 그것 앞에 스스로 몸을 던지는 것이 얼마나 위험한지.

샬롯은 세뇌된 유우기리 곁에 있었다. 샬롯은 다시 한번 그것에 다가가는 것은 사양이다. 그런데 카리나 공주는 그것을 스스로 지원하다니.

"카리나 공주님은 어째서…… 어째서 저를 위해서 그렇게까지, 해 주는 건가요?"

"착각하지 마. 널 위해서가 아냐. 나는 이 나라의 왕녀고, 학원을 구해 준 스로우 군에게 커다란 빚이 있어. 스로우 군이 지킨다고 결정했으니까, 그의 의향을 따르는 것이 그에게 은혜를 갚는 걸로 이어지는 거야. 그렇게 생각하는 건, 나에게 자연스러운 일."

"그렇지만…… 무섭지 않은가요?"

"무서워. 왕궁에서는 기사들과 싸우는 모습을 이 눈으로 확실하게 봤으니까. 그 경험은 아마 평생 잊지 못할 거야."

"그러면——."

"……아까 너에게 들은 학원 이야기, 나에게는 참 고귀한 것으로 느껴졌어. 스로우 군이 없었으면, 모두 없어졌을 거라고 생각하면…… 나는 스로우 군에게 은혜를 갚고 싶어."

샬롯은 움직이지 않는다.

자신이 알려고 하지 않은 세상의 이야기.

학원에 찾아온 기사국가의 왕족이나 기사들. 접촉을 피하고 있던 그들이 자신을 지키고 있었다니, 꿈에도 생각 못했으니까.

"하지만 오해하지는 마. 나를 상냥하다고 생각할지도 모르지만, 딱히 그렇지도 않으니까. 우연히 본 네가 너무나도 행복해 보여서, 조금 심술을 부리려고 했어. 사실은 아무 말도 할 생각 없었는데."

키득키득 웃는 기사국가의 왕녀님.

고개를 숙이는 기사들과 마찬가지로, 샬롯은 매료된 것처럼 움직이지 못했다.

"이걸로 미련은 사라졌어. 설령 내가 죽더라도 누군가를 지킨 게 되니까. 이걸로 나도 왕녀로서 살았다고, 자신을 가질 수 있을 거야."

예전의 학원 내방 때.

샬롯은 카리나와 함께 던전에 들어갔다.

기사의 호위가 있었다고 하지만 마법도 배짱도, 모두 카리나가 위였다.

꽤나 자신을 비하하는 것 같지만, 샬롯은 카리나가 왕녀로서 걸맞지 않다는 생각은 할 수 없었다.

"그러면 안녕, 행복한 휴객의 왕녀님. 가능하면 나도 너 같은 인생을 보내고 싶었어."

메롱 혀를 내밀고 물러가는 그 모습을 보아도.

얼마나 시간이 지났을까?

너무나 많은 정보량에 샬롯은 망연자실했다. 자신의 내력이 들켰다. 그러나 드러나진 않는다. 자신은 지금까지와 같은 생활을 보낼 수 있다. 믿어도 될까? 분명히 오늘은 잠들지 못할 것이다. 아침까지 계속 고민하는 게 확정됐다. 스로우 때문에 들떠 있었던 것이 먼 옛날 같았다. 샬롯은 땅바닥에 떨어져 있는 교과서를 깨달았다. 황급히 주우려고 하는데 누군가가 대신 주워 주었다.

고개를 들자 기사가 있었다. 카리나 주위에 있던 한 사람.

"아까는…… 미안했다. 요 며칠, 공주 전하는 정신적으로 불안한 모양이라."

엄격한 표정을 무너뜨리지 않는 로열 나이트, 크슈나 경.

분명히 로열 나이트들 중에서 유일하게 여학생의 훈련을 맡게 된 기사.

학원의 여학생이 특히 들뜬 환성을 질렀던 기억이 샬롯에게 있었다.

"특히 지금은 민감하시다. 아까 그건 듣지 못한 걸로 해 다오. 샬롯 공주…… 아니, 아니군. 데닝의 종자여."

평소의 친근한 표정 역시 지금은 아무 데도 없다. 그저, 안타깝다.

"공주 전하는 너와 스로우 데닝의 관계에 대단히 감격하고 계신다. 그놈과 너 사이에 무슨 일이 있었는지 우리는 알 수 없지만, 생각하기도 어려운 노력이 있었겠지. 지금까지처럼 조용히 살아가는 것도 하나의 길. 적어도 나는 공주 전하와 같은 마음이다."

"……."

"그러나 공주 전하는 서투른 분이야. 만에 하나 공주 전하가 목숨을 잃어도, 언젠가 네가 진실을 알았을 때 후회할지도 모른다. 따라서 밉살맞은 소리를 하면서까지 공주 전하는 데닝의 종자, 너를 지키기 위해서 그에 걸맞은 각오를 가지고 폐하께 진언을 하신 거다."

기사는 필사적으로, 방금 그건 카리나의 본의가 아니라고 전했다.

그러나 샬롯은 왕녀님이 심술궂다는 생각은 안 들었다.

오히려 카리나 공주에 대해 샬롯은 정반대 의견을 가졌다.

"──저기, 괜찮아요. 카리나 공주님의 마음은 아플 정도로 이해했으니까요."

왜냐면 아까, 샬롯의 이야기를 듣는 왕녀님은 참 즐거워 보였으니까.

카리나는 샬롯이 부럽다고 했다.

그 말에는 거짓이 없다. 그 표정은 진실이다. 왜냐면 샬롯이 학원에 다니는 학생을, 스로우와 같은 교실에서 수업을 받는 학생을 부럽게 생각하고 있었으니까. 마법을 쓰지 못했던 자신도 드디어 그쪽으로 갔다고 생각했다.

카리나 공주도 마찬가지다. 공주님인데, 내가 그쪽에 있는 것을 용납할 수 없을 뿐.

"저기, 크슈나 님이셨죠? 부탁이 있는데요…….."

"——부탁……인가?"

"저기, 말이죠. 저한테 여러 가지, 가르쳐 주시겠어요?"

자신들은 조금 닮았으니까.

친하게 지내는 미래도 있을 거라고, 흰 백합의 공주는 깨달은 것이다.

4장 언제나 갑작스레

"꾸우울으아우."

최, 최악의 꿈을 꿨다.

샬롯이 다른 남자에게 열렬한 어프로치를 받아서, 내 곁에서 떠나 버리는 꿈이었다.

게다가 사흘 연속이다. 첫 번째는 샬롯이랑 모르는 누군가가 친해지는 꿈, 두 번째는 손을 잡고 있는 순간을 목격하는 꿈. 세 번째는―― 아아아아.

이건, 요전에 본인에게 들은 그거군.

이게 다 그게 원인이겠지. 드디어 두려워하던 사태가 일어난 버린 것이다.

"그날을, 샬롯 러브레터 사건이라고 이름 붙일까……."

얼굴을 손으로 감쌌다.

너무나 큰 절망감에 아무 생각도 못하겠다. 지금 분명히 얼굴이 심각할 거야.

땀이 주룩주룩 흘렀다.

드디어 샬롯의 귀여움이 만천하에 드러난 거다.

세상이 평화로워지고, 내가 하염없이 트레이닝을 하여 샬롯을 소홀히 한 걸 계기로 말이다. 그러고 보니 요즘 샬롯이 묘하게 꾸미는 데 눈을 떴다고 바람의 대정령 씨도 말했었지.

괜찮은데. 샬롯은 아무것도 안 해도 충분히 귀여운데.

"이렇게 당황하다니…… 나는 대체 얼마나 한심한 남자인 거지."

얼굴을 물로 첨벙첨벙 씻으면서 졸음을 씻어냈다. 악몽을 꿔서 다시 잘 생각이 도저히 안 들었다. 뇌리에 지금까지 그녀와 지낸 나날이 주마등처럼 흘러간다. 이거 뭐지? 마치 결혼식을 치르는 딸을 보내 주는 것 같잖아. 아버지가 된 경험은 없지만.

"……안 돼. 이대로는 오늘도 방에서 나갈 수가 없어."

벌써 며칠이나 이렇게 앓아눕고 있었다.

샬롯이 때때로 영양가가 있는 걸 가져다줬지만, 샬롯은 자기 수업의 숙제 같은 걸로 엄청 바쁘니까 그만두라고 부탁했다. 앞으로 나는 샬롯을 다른 남자에게 빼앗기지 않을까 계속 걱정하게 될 테니까.

대책을 생각해야 해.

그렇지만 어떻게 하지? 샬롯을 하루 종일 나가지 못하게 막기라도 할까?

"그렇지. 이럴 때야말로—— 트레이닝이잖아."

나의 구세주.

티나 님은 이럴 때야말로 몸을 움직여라, 웨이트 트레이닝을 하라고 가르쳐 주었다.

"크움무오오오오오오오오오오."

사이클롭스 같은 포효는, 슬픔을 나타내는 걸지도 모른다.

그렇지.

샬롯은 분명히 러브레터를 받은 녀석과 수업에서 알게 됐다고 했었지.

역시, 샬롯이 다른 남자랑 만날 기회를 없애면 되지 않을까?

──나이스 아이디어, 아닐까?

"크움무오오오오오오오이이이이꾸후우우우우우우우우우우우우우우우우우."

……안 돼. 그런 건 안 된다.

자신의 그릇이 작다는 걸 깨달아 한심하다.

지금 샬롯은 처음으로 스스로 꾸미고 학원생활을 만끽하고 있잖아.

내가 그 행복을 방해하면 어떡하냐?

하지만…… 나는 이렇게 살육장이라고 불리는 공간에서 혼자, 사이클롭스 놀이.

묵묵히 땀을 흘리는 사이에 샬롯이 머나먼 세계로 가 버린다.

난 지금까지 뭘 하고 있었던 거냐아아아아. 웨이트 트레이닝 말고 할 일이 있잖아아아아아.

"아아아아…….."

문제는 그뿐이 아니다.

숲속에서 커다란 투기장을 발견한 그날부터 카리나 공주도 만나지 못했다.

왜냐하면 안내자인 달튼 경과 연락하지 못했으니까.

성역이 지키는 카리나 공주의 방에 가려면 로열 나이트의 안내가 반드시 필요하다.

달튼 경은 그때가 안으로 안내할 수 있는 마지막 기회라고 했었다.

어떡하지. 지금 생각해 보면 좀 더 유용한 정보를 얻을 걸 그랬네.

"……설마, 내가 이렇게 약한 녀석이었다니. 위험해, 식욕도 안 생겨."

공주는 나더러 도망친 겁쟁이라고 생각할 거야.

기껏 의지해 줬는데.

알고 있다. 알고는 있어.

카리나 공주를 어떻게든 그 장소에서 빼내야 한다는 것 정도는. 그러나 샬롯의 러브레터 사건이 너무나도 커서 생각할 여유가 사라져 있었다.

이러는 사이에 '그날' 이 점점 다가온다.

솔직히 순백 돼지 공작이 된 뒤 가장 괴로운 나날일지도 모른다.

샬롯이 러브레터를 받다니, 예상도 못했단 말야.

"웃기는 얘기야. 샬롯이 고백을 받아서 금방 살을 빼는 게 가능했다니. 윽, 학원의 모두가 나를 보며 웃는 것 같다는 생각마저 들어……. 하아, 나. 병이구나."

하지만 어쩔 수 없는 걸지도 모른다.

애니메이션에서 칠흑 돼지 공작은 뒷면에서 소중한 걸 지키려고 필사적이었던 사이에 슈야에게 샬롯을 빼앗겨 버렸으니까. 물론 지금의 슈야는 그런 놈이 아니지.

영웅의 모습은 아무 데도 없다. 그렇지만 그 징후는 있다.

로열 나이트 후보에도 선발됐으니까.

"……아."

샬롯이 여학생과 같이 걷고 있었다.

같은 교과서를 들고 있는 걸 보니 같은 수업을 듣는 친구겠지.

나도 저 안에, 샬롯의 일상에 들어가고 싶다.

하지만 내가 샬롯과 같은 수업을 들어도 배울 게 적다…….

어두운 기분이 가슴에 떠오른다. 젠장, 안 좋은 징조다.

어이, 스로우 데닝. 지금 할 일은 따로 있잖아?

"그렇지—— 마녀가 이미 학원 안에 있을지도 몰라……."

도스톨 제국의 마녀, 프란시스카와 싸울 것을 대비해서 로열 나이트들은 그렇게나 준비를 하고 있다. 어쩌면 그놈은 이미 학원에 숨어있을지도 모른다.

나도 모르게 몸이 떨리기 시작했다.

●

"카리나 공주님, 굉장히 야위지 않았어? 기도 의식이라는 건 그저 여왕이 될 결의를 하는 것뿐이잖아?"

"그야 카리나 공주님의 인생에서 중요한 일이니까. 식사도 잘 안 넘어가는 거겠지."

카리나 공주는 상태가 안 좋아 보였다.

그건 로열 나이트들이 단단히 호위하고 있는 카리나 공주를 보기만 해도 잘 알 수 있었다.

여왕을 향한 첫걸음이 되는 기도 의식. 그러나 진짜 목적은 마녀에 대한 미끼로, 오로지 그녀 홀로 마녀와 대치해야 한다. 그 마음고생을 생각하면 야위는 것도 무리가 아니다.

나는 폐하의 계획을 알고 있다. 하지만 참견할 자격이 있을까? 최악인 것은 내가 관여해서 폐하의 계획을 엉망으로 만들어 버리는 거다. 이번에 그들은 남다른 준비를 통해 마녀에게 도전한다. 내가 모르는 계획이 있는 게 틀림없다. 그것에 내가 끼어들어도 될까?

"슈야 너, 제법이잖아! 폐하한테 말대답을 했을 때는 확 죽일까 생각했다만, 마지막까지 따라오다니! 아마 네가 제일 강해졌을 거다!"

"그란츠 씨가 잘 가르쳐 주셔서 그렇죠! 로열 나이트한테 맨투맨으로 지도를 받을 기회는 거의 없으니까요! 그리고, 그 일은 정말로 죄송했습니다!"

"하하하, 그야 그렇지! 퇴역하지도 않은 우리가 학생을 상대로 가르칠 기회는 뭐 없다. 시찰한 유우기리 정도일걸. 하지만 슈야, 너는 자신을 가져도 된다. 이쪽 예상으로는 마지막까지 따라오는 녀석이 절반 이하일 거라고 생각했는데, 결국 모두 지도를 버려냈어! 그중에서도 슈야! 네가 제일 봐줄 만하구나!"

이상하게 잘 울리는 쾌활한 목소리.

이 목소리는 슈야 뉴케른이군. 정말 자신만만해 보인다. 최근 학원에서도 '슈야 군은 장래가 유망한 거 아냐?' 같은 소리가 종종 들리게 된 애니판 주인공이다.

그리고 나도 저 녀석의 변화에, 이상하게 높아진 존재감에 당황하는 사람 중 하나다.

"슈야. 너는 장래 반드시 로열 나이츠에 들어와라. 이 그란츠가 추천해 줄 테니까!"

"고, 고맙습니다! 저, 진심으로 노력할게요!"

로열 나이트와 특훈을 받았다는 저 녀석의 모습이 괜히 눈부셔 보인다.

하아. 내가 품은 고민을 저 녀석은 평생 품지 않겠지.

그리고. 내가 샬롯을 빼앗길지도 모른다는 트라우마를 안고 있는 건 전부 저 녀석이 원인이란 말야. 그렇게 생각하자 조금 짜증이 났다.

"아, 데닝. 뭘 멍하니 서 있냐…… 그란츠 씨. 잠깐 괜찮을까요? 저, 이 녀석이랑 할 말이 좀 있어서."

"응? 딱히 상관없다만, 그렇군 이 녀석이 그……."

"뭔데 슈야. 나는 너랑 할 얘기 같은 거 없어."

어쩐지 슈야는 말이다, 지금 생각한 건데 실력자들 마음에 드는 경향이 있단 말이지.

제네라우스에서도 상급 모험가인 화염정염^{아크 플레어}이 인정해 줬고, 유우기리 선생님도 걸핏하면 칭찬을 했다.

처세술이 좋은 거냐. 아니면 어리광을 잘 부리는 거냐.

그래도 이 로열 나이트 역시 슈야에게 지지 않고 반짝반짝 빛나는군. 붉은 머리고.

"야, 데닝. 너 너무 노는 거 아냐? 다 들었다. 그 로레느를 네가 지독하게 찼다가 얻어맞고 날아갔다며……?"

윽. 이 녀석 귀에까지 들어갔었나.

하지만, 얻어맞고 날아간 적 없다. 따귀를 맞았을 뿐이야.

"지금 네 평판, 상당히 떨어졌거든? 나도 한때 관심이 있었고, 다들 로레느 걔를 좋아하니까 말이야. 널 용서 못한다는 소리가 종종 들리더라."

"……."

"슈야. 그렇게 탓하지 마라. 내 개인적인 의견이지만, 학생이란 모름지기 이 녀석 같아야 한다고 생각한다. 내가 너만 할 때는 여자애를 바꾸고 또 바꾸고 그랬거든. 슈야, 너도 거물이 되고 싶으면 이 녀석처럼 여자친구 한두 명 정도는 만들어 둬라!"

저기요, 로열 나이트 씨.

그쪽 방면의 소질이 있는 슈야한테 이상한 소리 하지 말라고.

이 녀석, 진짜로 저지를 수 있으니까. 전과가 있거든. ……

그나저나, 이 녀석들은 그거네.

"……두 사람. 왜 그렇게 사이가 좋은 건가요."

"지난 몇 주 동안 딱 붙어서 철저하게 단련을 시켰으니까. 그 보다도 스로우 데닝. 마침 잘됐다. 너한테 하고 싶은 말이 있었지. 슈야, 자리 좀 비켜 줘라."

"네!"

로열 나이트의 명령에 슈야가 즉시 응답했다.

우리와 거리를 벌렸고, 엿듣는 기색도 없다. 대단한 상하관계다. 훈련 중에 단단히 교육을 받았군.

그런데, 육체파인 그란츠 경이 슈야에게 보내던 쾌활한 웃음과 딴판으로.

나를 보는 눈은 서늘하고── 일절 웃고 있지 않았다. 확 달라졌다고 해도 될 레벨이다.

"스로우 데닝. 뭘 아는지는 모르겠지만, 괜한 방해는 하지 마라. 다가오면, 죽여 버릴 테니까."

"무시무시한 이면성, 대단한 연기력이네요. 저녁 울음의 그란츠 경."

명백한 협박에 굴할 내가 아니다.

그렇지만, 하하.

노골적인 적의를 이렇게까지 퍼부으면 반대로 기운이 나니까 신기하군.

그러고 보니 이 사람, 그 투기장에서 훈련하는 사람들 중에 있었지. 슈야랑 파장이 맞을 정도니까, 완전 무투파겠지. 서로 노려본 시간은 10초도 안 된다.

그렇지만 이 사람의 마음은 확실하게 이해했다. 그란츠 경에게도 내가 분명히 이해한 것이 전해졌는지, 어느샌가 50걸음 정도 떨어져 있던 슈야를 향해 외쳤다.

"슈야, 이쪽 용건은 끝났다! 미안하군."

"역시 이면성이 굉장하네요."

"뭐라고 했나?"

"아뇨, 딱히……."

나와 슈야에 대한 취급 차이에 웃음이 나올 것 같았지만, 그란츠 경과 마찬가지로 상쾌한 기색으로 돌아오는 슈야를 보니 질투도 생기지 않았다.

그란츠 경은 지금 그 말, 잊지 말라고 다시 못을 박고서 떠나버렸다.

"데닝. 너 그란츠 씨랑 무슨 이야기를 한 거야? 또 무슨 짓 저질렀어?"

"뭐 조금. 그보다 슈야. 요즘에 카리나 공주님의 상태는 어때? 그 후보생 파티에서 가끔 카리나 공주님이랑 만났잖아?"

"설마. 데닝, 아직 카리나 공주님을 노리고 있는 거냐? 그러니까 그란츠 씨가 그렇게 무서운 표정을 구나. 질리지도 않는 녀석이네."

"냅둬라. 그래서 어떤데? 요즘 카리나 공주님의 모습을 본 적 있냐?"

"기도 의식이 얼마 안 남았잖아. 그래서인지 요즘엔 파티에도 안 나타나고. 아니, 그거 파티 같은 게 아닌데 말이지……. 아, 아까도 그란츠 씨가 말했었는데 이번에 우리 훈련이 드디어 끝났어. 그 축하연에는 잠깐이지만 카리나 공주님이 나왔었지. 꽤 표정이 어두웠지만, 딱 한마디 했는데."

아까 로열 나이트가 말했었다.

이번에 선발된 학생이 드디어 특훈이 끝났다고.

"……괜찮으면 알려줘. 뭐라고 했는데?"

"이건 꼭 비밀로 해라? 카리나 공주님도 심각한 기색이었으니까……. 알았어. 뜸 들이지 않고 말할 테니 그렇게 무서운 표정 짓지 마! 그러니까 카리나 공주님은 말이다. 그다지 어머님의 말을, 시련을 진심으로 생각하지 말랬다."

"폐하의 시련, 너희도 받았냐?"

"뭐, 그렇지. 하지만 이게 꽤 힘들더라고. 지금도 하루하루가 벅찬데, 10년 뒤의 자신을 상상하지 않으면 달성 못한다든지 그런 게 많거든. 하지만 무심코 도전하고 싶어진다고 할까. 왜냐면 데닝, 지금의 가디언님이 그렇게 강해진 것도 폐하의 시련을 계속 이겨냈기 때문이잖아? 그렇게 되는 게 내 꿈이니 말이지~."

폐하의 시련.

카리나 공주에게는, 오로지 홀로 마녀와 맞서는 것.

"슈야. 네 의견을 듣고 싶은데. 그 파티에서 본 여왕 폐하의 인상이 어땠어?"

"인상?"

며칠 뒤에는 카리나 공주가 기도 의식을 하러 간다.

대성당에서 하룻밤, 오로지 홀로 지내는 것이다.

카리나 공주를 인질로 삼으려는 마녀에게는 두 번 다시 없는 커다란 기회.

게다가 여왕 폐하는 기도의 밤에 로열 나이트 모두를 학원에서 철수시킨다고 선언했다.

그래서일까? 아까처럼 로열 나이트가 그렇게 까칠한 것은.

"으음~. 그렇네."

슈야는 내가 말하기는 좀 그렇지만 날카로운 남자다. 이 녀석의 의견은 의지가 된다.

"뭘 생각하는 건지 전혀 알 수가 없고, 이제 내 이름조차 기억 못하시겠지만."

"못하겠지만?"

"폐하의 말은, 무서워. 나이프로 푹 내면을 파헤친다고 해야 할까? 지금의 나 그대로 괜찮을까? 라는 생각이 든단 말이지. 우리에게 내린 시련이라는 것도…… 뭐 그게 비현실적이라고 해야 하나……. 하지만 그걸 달성하면 난 틀림없이 엄청 성장할 수 있을 거라 생각했어."

"……."

"폐하는 분명 지금까지 여러 가지 커다란 꿈을 잔뜩 이룬 사람일 거야. 그래서 그렇게 자신감이 흘러넘치는 거겠지. 나는 조금이나마 카리나 공주님을 동정한다."

"동정? 어째서?"

"만약 내 어머니가 그 사람이었다고 생각하면 말이지. 그렇잖아, 데닝. 자기 어머니가 굉장히 위대한 인간이면 말이야, 자기도 그렇게 되어야 한다고 생각해서…… 중압에 짓눌릴 거 아냐. 기사국가의 역사 속에서도 엘리노어 님은 눈에 띄게 우수하니까. 카리나 공주님이 조금 가엾다고 생각했어. 뭐. 나한테는 너무나 먼 세계라서 인연이 없는 이야기지만──응, 뭐야? 데닝, 못마땅해 보이는데."

"……응. 나도 그렇게 생각한다."

"스로우 님. 갑자기 왜 그러세요? 또 조개가 되고 싶은 건가요?"

"아니야, 비젼. 나는 단지──."

──슈야의 말에 깊게 감탄했을 뿐이다.

카리나 리틀 다리스가 지금의 폐하처럼 되는 일은 평생 없을 거다. 비교하는 건 아니지만, 일국의 지배자로서 엘리노어 다리스란 사람은 너무나도 적임자다.

남방 4대국이 다리스를 중심으로 뭉친 것도, 폐하라는 존재가 있기 때문이겠지.

"어라. 혹시 스로우 님. 다음 수업에도 안 나가실 건가요?"

"미안하지만, 비젼. 몸이 안 좋으니까 나는 수업을 쉬기로 했다. 너도 그렇지?"

"네. 저는 시간이 없으니까요."

"달튼 경은 엄격하냐?"

"엄격합니다. 너무 엄격해요. 하지만, 일로 바쁜 틈틈이 시간을 내서 저를 단련시켜주시니…… 전부, 스로우 님이 소개해 주신 덕분입니다. 정말로 고맙습니다."

"됐어. 달튼 경도 한가해 보였으니까. 그리고 친구잖아? 나를 사이클롭스라고 안 부르는 사람은 너 정도밖에 없어. 힘들 때는 친구끼리 도와야 하지 않겠어?"

사자는 새끼를 벼랑 아래로 떨어뜨린다고 하지만 카리나 공주는 무사가 아니다.

딸에게 내리는 시련치고는 너무 부적절해서 카리나 공주가 견딜 수 있을 거란 생각이 안 들었다.

그렇지만 숲에서 보인 모습을 생각하면 여왕 폐하를 상대해도 소용없겠지.

내가 말했다고 해서 행동을 바꿀 사람이 아니다. 그리고 가디언을 비롯한 로열 나이츠는 그 투기장에서 마녀를 해치울 생각으로 가득해서 이미 움직이는 중이다.

이번 임무로 카리나 공주를 잃게 된다고 해도, 그들은 후회하지 않을 거다.

"스로우 님…… 제가 말하는 것도 그렇습니다만, 정말로 스로우 님 맞나요?"

"무슨 소리야? 하지만 언젠가 네가 정말로 로열 나이트가 되면, 나를 좀 도와줘라."

"맡겨 주세요. 어떤 때든 달려갈 테니까요. 거짓말이 아닙니다——."

"그래. 기대할 테니까, 슈야 이상의 남자가 좀 되어 봐라——."

수업을 빼먹는 데 망설임이 전혀 없는 나는 불성실한 걸까?

응. 불성실한 거겠지. 하지만 지금은 더 중요한 일이 있거든.

"여자 기숙사에 숨어들까……? 아니, 성역 돌파는 힘들어. 그러면 어떡하지?"

어째서 폐하는 그렇게 여유가 있는 거지?

자신들이 진다는 생각은 전혀 안 한다. 패배하는 미래 따위 전혀 생각지 않는다.

로열 나이츠에게 너무 절대적인 자신을 가지고 있다. 사안이 사안이니까 적의 힘도 빌리자고.

역시, 어둠의 대정령에게 힘을 보여주는 게 목적인가?

카리나 공주도 터무니없는 어머니를 뒀네.

"……어쩐다? 기사를 위협할까? 카리나 공주님이 있는 곳으로 데려가라고…… 바보냐. 그런 짓을 하면 문제가 커져. 위험하네, 머리가 제대로 안 돌아가……."

달튼 경이나 친교가 있는 로열 나이트도 정보 제공을 거절했지만, 요렘에서 인연이 있었던 꽃의 기사 올리버는 조금이나마 정보를 주었다.

이건 동료를 추도하는 싸움이라고———. 로열 나이츠 단장인 말디니 추기경이 로열 나이트로서 복직하는 것은 불가능하며, 그에게 보여줄 필요가 있다고.

단장이 없어도 자신들은 괜찮다고. 그 이야기를 듣고서 납득했다. 역시 추기경은 왕도의 싸움에서 부상을 입었군. 그야 기사들이 그렇게 오기를 부릴 법하네.

학원 내부를 걸었다. 마녀의 흔적은 알 수가 없다.

그러나 십중팔구 숨어들었을 거다. 하지만 노페이스 같은 흔적은 하나도 없었다. 물론 마녀 쪽이 더 격이 높은 건 알고 있지만, 역시 분하군. 이렇게까지 차이가 있다니…….

"전혀 모르겠다…… 어?"

내가 약속해 놓고서 일방적으로 그걸 어긴 여자애가 있었다.

어색하지만, 잘못한 건 나다. 지키지도 못할 약속 같은 걸 하는 게 아니다.

"요전에는 약속을 어겨서 미안해."

"아뇨! 저, 저도 데닝 님에게 사과하고 싶은 일이 있어요. 멋대로 혼자 신이 나서 죄송하다고, 지금 생각해 보면 굉장히 부끄러운 짓을 해 버리고 말았어요……!"

"아니, 전면적으로 내가 잘못했으니까. 약속한 날을 잊다니 최악이야."

슈야 말로는 나와 로레느의 관계에 몇 가지나 과장이 붙어서 소문이 돌고 있다고 한다. 그렇지만 전부 내가 잘못한 거니까.

감수해야지.

"저, 저기! 데닝 님에게 한 가지 물어보고 싶은 게 있었어요……. 혹시 이미! 마음에 정한 분이 있거나…… 그런가요?"

"그, 글쎄…… 그런 사람은 없는데."

거짓말이다. 머릿속에 떠오르는 건 오로지 한 명.

지금까지도 변함없이 떠올랐던 그 사람. 아마 앞으로도 변하지 않을 거다.

분명히 나는 앞으로 수많은 사람과 만나겠지. 그중에는 그녀와 비슷하게 귀여운 사람도 있을 거다. 하지만 내가 다른 사람을 좋아하게 될 거라는 생각은 신기하게도 상상할 수가 없었다.

샬롯이 러브레터를 받았다.

그저 그것만으로 며칠 앓아 누워버릴 정도로 나는 충격을 받았다.

지금까지도 앞으로도, 이렇게 머릿속에 떠오르는 사람과 만날 거란 생각은 좀처럼 할 수가 없었다.

　"……그분이 부럽네요."

　"어."

　"데닝 님이 저에게 말을 건 이유 따위 없었던 거겠죠……. 제가 아니라도 누구든지 좋았던 거죠. 그때 가까운 곳에 제가 있었으니까. 이유는 그저 그뿐! 아닌가요?"

　정곡이다.

　나는 누구든지 좋았다.

　"그 반응, 너무 솔직하다고 생각하는데요. 제 프라이드, 갈기갈기 찢어졌는걸요?"

　"……미안."

　"아니, 딱히 괜찮아요. 어렴풋이 알고 있었으니까요. 왜냐면 저기, 지금까지 전혀 저랑 연관이 없었잖아요. 스스로도 이상하다고 생각했었어요……. 저는 차여 버린 거지만, 조심하는 게 좋아요. 데닝 님을 노리는 애는 잔뜩 있으니까요! 아니면, 혹시 알리시아 님과 다시 약혼하거나 하나요?"

●

　어째서 여자애들은 그렇게 사랑 얘기를 좋아하는 걸까.

　그 후로도 로레느의 질문 공세는 좀처럼 끝나질 않았다.

이쪽도 다소 죄책감이 있다 보니 마지막까지 어울려주고 말 았는데, 녹초가 됐다.

로레느 트로네시아. 그것이 대화를 통해 알게 된 로레느의 본명이며, 나는 그것을 방금 알았다. 자신에게 질렸다. 데이트에 초대한 상대에 대해 나는 아무것도 몰랐다.

나는 너무 들떠 있었다. 샬롯의 말이 맞았다.

"왜 그렇게 지친 표정인데? 그 애가 수다 좋아하는 건 새삼스러운 이야기도 아니잖아."

"알리시아 너, 내 마음을 읽지 말라고……. 그리고 보고 있었냐? 이상한 취미네."

"나만 본 거 아닌데? 다른 애도 잔뜩 주목했었어. 혹시 그 소문이 또 부활할지도 모르지. 그 애, 그것조차 자각하고 있는 느낌은 있어 보였어. 스로우가 생각하는 것보다 몇 배는 억센 애야."

"으엑……."

"자각이 없구나. 하지만 어째서 걔였어? 어차피 우연히 눈에 띄었다거나 그런 이유겠지."

정곡이었다.

내가 그렇게 알기 쉬운가?

"하지만 로레느 같은 애는 널 감당하지 못해. 그 애는 좋은 의미로든 나쁜 의미로든 일반인이니까. 널 상대하려면 샬롯 정도로 막 나갈 수 있어야지."

"뭐? 샬롯이 막 나간다고?"

"혹시 자각 없어? 샬롯 씨는 정신적으로 엄청나게 터프하잖아. 그게 어디가 일반인이야. 늘상 너한테 휘둘리면서도 갠 싫은 표정을 안 하잖아."

"윽……."

"과거에 무슨 일이 있었길래 그렇게 강해질 수 있는 걸까? 스로우, 어디서 주워온 거야?"

"그러고 보니 너, 옛날부터 자주 물어봤었지. 샬롯의 정체가 뭐냐고."

"결국, 한 번도 대답해 주지 않았었지. 이제 와서는 혜안이라고 하겠어. 보통의 종자라면 진작에 정이 떨어졌을 테니까."

"그렇겠지……."

하지만, 그건 대답할 수가 없잖아.

사실은 그 애가 휴잭의 공주님이라고.

그리고 알리시아가 의문시하는 터프함에 관해서는 휴잭에서 도망쳐 나온 게 전부일 거다.

어린 시절에 그만큼 처절한 경험을 하면 무슨 일이든 동요하지 않게 된다니까.

"그렇게 스로우의 종자로 딱 맞는 아이가 더 있을 리 없어. 그러니까 소중히 대해 줘서 다른 남자에게 뺏기지 않도록 하지 그러니? 언제나 고맙다고. 제대로 말하지 않으면 전해지지 않는 법이거든?"

"……그러게. 그 말이 맞아."

"그리고 이미 깨달았을 것 같은데, 그 애는 꽤 인기가 있어. 특히 요즘에는 마법을 쓸 수 있게 돼서 귀족이랑 차이도 없어졌고. 종자를 다른 귀족에게 빼앗기는 건 딱히 드문 이야기도 아니라고 들었어. 뭐, 데닝의 종자에게 손을 대려고 하다니 목숨 아까운 줄 모른다고 생각하지만…… 바보는 있는 법이니까. 트레이닝만 하다 보면 눈치 못 챌 거야."

"충고 고마워. 샬롯한테는 필요하다고 반드시 전해 둘게."

"응……. 그건 그렇고, 이번 휴일에 요렘으로 놀러 갈 건데 어쩔래? 슈, 슈야도 함께 가는데. 딱히 그 녀석은 아무 데나 풀어 두면 될 거야."

불쌍한 슈야.

그렇지만 이야기를 들어 보니, 알리시아가 놀러 가려는 그 날은 하필이면 카리나 공주가 기도 의식을 실행하는 날이었다.

폐하와 도스톨 제국의 마녀가 상대하는 결전의 날.

그 날에 알리시아와 슈야가 없어서 다행이다.

애니메이션 지식을 얻은 내가 내세우는 목표는, 내가 행복해지는 것이지만.

그 안에는—— 알리시아와 슈야도 포함되어 있었다.

뭔 일이든 트러블에 말려들기 쉬운 두 사람이 그 자리에 없어서 다행이다.

"미안. 그날은 예정이 있어. 그러니까 슈야랑 놀고 와라."

"…………알았어."

어, 그런 표정 지으면 죄책감 솟는데요…….

자신의 의견을 관철한 서키스타의 공주님.

그 녀석은 카리나 공주와 달리 아버지의 반대를 무릅쓰고 돌아왔다. 그 녀석이 아버지에게 철저하게 반발한 것처럼, 카리나 공주는 어째서 폐하의 결정을 거절하지 않는 걸까?

애니메이션에서 카리나 공주는 철저하게 존재가 은닉되어 있었다. 자신의 강한 의지로 지금까지 세상에 나오는 것을 피하고 있었다. 그 대전이 일어난 애니메이션 세계에서도 계속 숨어 있었거든? 이번에도 카리나 공주가 진심을 내면 도망칠 수 있지 않았을까?

그렇지만 카리나 공주는 이번 일을 받아들인 기색이다.

자신의 목숨이 걸려 있는데, 평소처럼 반발하지 않는 이유를 나는 떠올릴 수가 없었다.

"이럴 때 슈야였다면── 만약 그 녀석이 나였다면 어떡했을까?"

틀림없이 움직인다.

그렇지만 나랑 그 녀석은 완전 다르다. 그 녀석에겐 불의 대정령이 있다. 어둠의 대정령에게 비견되는 힘을 가진 자. 과정이 어떻든 최종적으로는 승리를 거머쥐는 치트 캐릭터.

마녀를 상대로 계속 도망친 나하고는 근본적으로 다르다.

"나는 나고 슈야는 슈야지만…… 아무래도 그 녀석을 기준으로 생각해 버리네."

간단한 이야기인데 말야.

내가 관여할 것인가, 관여하지 않을 것인가. 그뿐인 얘기다.

다가올 날을 위해 로열 나이츠가 준비하고 있다.

여왕 폐하에게 이번 일은 왕실의 힘을 보이고 타국에 기사국가의 힘을 드러낼 최선의 기회.

이제 와 내가 끼어들어서 어쩌라고?

변명만 떠올리며, 기어이 그날이 찾아오고 말았다.

"……위험하네꿀꿀."

오늘밤, 카리나 공주가 대성당에 들어간다.

그런데 내 마음은 아직도 정해지지 않았다.

수업도 빼먹어 버렸고, 그럴 수만 있다면 이대로 잠에 빠지고 싶었다.

"……비젼. 세 번 노크해도 나오지 않으면 방 주인의 기분이 틀어진 거야. 돌아가는 게 상식 아니냐?"

"우와. 스로우 님. 요즘 수업에도 안 나온다 싶더라니 눈 밑이 거뭇거뭇해서, 도저히 귀족 같지 않은 얼굴인데요?"

"비꼬려고 왔냐?"

"샬롯 씨한테 부탁을 받아서요. 스로우 님에게 할 얘기가 있다고 하던걸요?"

"미안하지만 지금은 혼자 있고 싶어. 샬롯에게 그렇게 전해 주지 않을래?"

아무도 만나고 싶지 않았다.

전에 없을 정도로 한심한 자신을 보여주고 싶지 않았다.

내일을 맞이하면, 마녀를 무사히 제압했다는 정보가 전달되어 모든 것이 만만세.

그런 해피 엔딩의 가능성에 걸고 싶다고 생각하는 내가 있었다.

"스로우 님, 무슨 일 있었나요?"

"……비전. 너, 내가 강하다고 생각하냐?"

"갑자기 무슨 말씀을 하십니까?"

그렇잖아. 가디언에게 마음껏 놀아난 나보다 말야.

면밀하게 준비를 해온 기사들이 더 적임이잖아?

그들에게 모든 것을 맡겨야 한다. 그렇게 생각하는 내가 틀린 건 아니잖아?

하지만, 정말로 그거면 되나?

그때에 참여하지 않는다니, 그런 결단을 하고 나는 후회하지 않을까?

"됐으니까 대답해 봐. 중요한 거라구."

"하아. 자신을 잃은 건가요? 스로우 님이 강하다고 생각하냐, 는 말씀이었죠?"

"……."

"우문이군요. 저는 당신보다 강한 사람, 모릅니다."

──자신을 듬뿍 담아서 말하지 말라고 좀.

친구에게 그런 말을 들으면 나, 노력해 버리니까.

"──샬롯 너, 지금 뭐라고 했어?"

"대성당에 가겠어요. 저. 카리나 공주님 곁에 있을 생각이에
요."

너무 갑작스러워서 영문을 알 수가 없었다.

비젼이 방에 와서, 나는 생각한 끝에 샬롯의 호출에 응하기
로 했다.

수업을 빼먹은 걸 캐물을 거라고 생각했는데, 그런 기색도
없었다.

그렇기 때문에 이제부터 성당에 가겠다는 말을 듣고서.

너무나도 갑작스러워서 대답할 수가 없었다.

"……오늘밤은 기도의 밤이야. 아무도 대성당에 다가갈 수
없어."

어떻게든 짜낸 말이 그것뿐이었다.

기도 의식을 치르는 대성당은 기사들이 엄중하게 수호하며,
그 누구도 다가갈 수 없다.

학원 관계자라면 누구든지 알고 있는 당연한 사실.

"그렇지 않거든요? 왜냐면 거기에는 오늘 밤, 기사님이 한 명도 없으니까요."

"무슨."

샬롯 말이 맞았다.

오늘밤, 기도 의식은 완전 무방비 상태에서 열린다.

마녀가 카리나 공주를 인질로 잡기 위해서.

그렇지만 그것은 샬롯이 알 리 없는 진실이다.

"스로우 님, 저. 잘 알아요. 크슈나 님이 이것저것 알려줬으니까요."

"……크슈나? 그 로열 나이트 크슈나 경?"

"맞아요! 잔뜩 가르쳐 줬어요!"

심장이 쿵쾅거린다.

샬롯의 얼굴에는 자신감이 흘러넘치고 있었다.

어째서야? 어째서 샬롯이 그걸 알고 있지?

크슈나, 그 훈남 로열 나이트 탓인가?

훈남은 아무래도 상관없지만, 그 녀석이 샬롯에게 학원에서 기도 의식이 열리는 진상을 설명할 이유가 무엇 하나 존재하지 않는다.

설마 극비리에 접촉했었다니.

"스로우 님도 알고 있죠? 지금 카리나 공주님은 외톨이라는 걸요."

"……."

게다가 무엇보다도 놀란 것은 샬롯이 그 사실을 나에게 입다 물고 있었다는 것.

그렇게 자기 정체가 들키는 걸 두려워하던 샬롯이다.

접촉해 온 로열 나이트에게 마음을 허락할 이유를 전혀 알 수가 없었다.

"외톨이인 것뿐이 아니에요. 카리나 공주님은 괴로워해요. 그 사람은 지금 자기가 이 세상에 오로지 혼자라고 생각해요. 옛날의 저랑 똑같아요. 스로우 님이랑 만나기 전의 저랑요."

"……샬롯. 왜 나한테 말 안 했어."

샬롯은 아무것도 몰랐을 텐데.

이 가디언 세리온이, 마녀를 끌어내기 위한 미끼라는 것도 아무것도 모른다.

카리나 공주 자신이 미끼란 것도.

여왕 폐하의 방문하는 진정한 이유는 극비중의 극비다.

"……어디까지 알고 있지?"

"전부요. 카리나 공주님 본인에게 들었어요. 스로우 님. 알고 있어요? 카리나 공주님은 전부 알고 있었어요, 저언부. 알고 있었나 봐요. 제 정체도, 바람의 대정령님까지 전부!"

녀석들에게 들켰다.

그것만으로, 숨이, 호흡이 흐트러진다.

"네, 네 정체가…… 들켰어?"

그 녀석들에게 들키면 나에 대해 뭔가 액션이 있을지도 모른다고 생각했다.

하지만 샬롯에게 직접 가는 건 상상도 못했다.

동요의 극치에 있는 나와 달리, 샬롯은 평소와 다름없었다.

"마…… 말도 안 돼……. 왜냐면, 그 녀석들. 그런 기색은 전혀……."

"제 정체는 여왕님도, 로열 나이트 여러분도, 다들 알고 있나 봐요!"

"기, 기다려 봐. 어째서 샬롯은 그걸 알고서 태연한 거야? 네 정체가 들켰단 말야. 우리가 필사적으로 숨겨왔던 건데!"

"저도 스로우 님처럼 동요했어요. 하지만 카리나 공주님이 어떤 마음으로 크루슈 마법학원에 찾아왔는지 크슈나 님이 가르쳐 줬죠. 스로우 님, 그거 알아요? 여왕 폐하는 역시 저를 이용할 예정이었나 봐요. 그렇지만 카리나 공주님은 제 정체를 비밀로 하기 위해서 기도 의식에 임하는 거라고, 폐하랑 그렇게 약속을 했대요. 저, 크슈나 님한테 물어봤어요. 어째서 카리나 공주님이 그렇게까지 해 주는 거냐고요."

카리나 공주나 여왕 폐하는 샬롯의 정체를 감출 필요가 없다.

방식에 따라서는 망국의 공주라는 사실이 기사국가에 막대한 이익을 가져다줄 테니까.

"스로우 님한테 커다란 은혜가 있어서 그렇대요."

"…………무슨."

납득했다.

그 카리나 공주가 마녀의 제물이 되는 이유, 폐하의 생각을 받아들인 이유는 그거냐.

싫다면 관두면 된다. 카리나 공주에게도 권리는 있다.

자신의 미래를 정하는 가디언 세리온. 아직 이르다고 말하면 중지할 수 있었을 거다.

그렇지만 카리나 공주는 폐하의 생각을 받아들였다.

조금 신기하게 생각했었다. 어째서 그녀는 스스로 시련을 받아들였을까?

"스로우 님이 요즘 바깥에 안 나오고 고민하고 있던 이유, 저랑 똑같았네요."

"……맞아. 그거야."

"저, 지금 엄청, 오로지 홀로 있는 카리나 공주님 곁에 함께 있어 주고 싶어요."

"……나도 웬만하면 그러고 싶어. 하지만 거기는 지독한 전장이 될 거야."

전장이 된다. 격렬한 전투가 벌어진다. 훈련받은 왕실기사와 도스톨 제국의 삼총사.

힘없는 자는 한순간에 죽음에 이른다. 그런 장소에 샬롯을 데리고 갈 수는 없다.

생각이 정리되지 않는다.

"샤, 샬롯……."

그렇지만, 샬롯의 마음은 정해져 있었다.

가지 마.

거기에 가지 말아 줘.

"샬롯…… 생각을 고쳐 주지 않을래?"

"스로우 님. 저, 당신을 아주 좋아해요."

"……어."

"친구 같은 의미가 아니에요. 더, 제대로 된 기분이에요."

"……?"

"크슈나 님이 오늘밤에, 대성당으로 가면 어떻게 되는지 말해 줬어요. 그러니까 카리나 공주님 있는 곳으로 가기 전에 이 마음만큼은, 전해야 한다고 생각했어요."

"…………?"

머리에 닿지 않았다.

지금, 뭐라고 했지?

어째서 카리나 공주 얘기에서, 그렇게 되는 거야?

"……어쩌면 스로우 님하고 두 번 다시 만날 수 없을지도 모른다고 생각하니까, 소문으로 들은 그 애를 두 번째 데이트에 초대했다거나, 오늘도 그 애랑 잔뜩 이야기를 했다거나! 마음속에서 뭔가 뭉게뭉게 피어오르던 마음이…… 아무래도 좋아졌어요."

내 가슴을 척 가리키는 샬롯의 손가락.

그렇지만, 나는 그저 당황할 뿐이다.

"저, 태연한 표정 짓고 있었지만…… 그 애랑 함께 있는 거,
굉장히 싫었어요!"

머리는 이제 대혼란이고, 뭐가 뭔지 알 수가 없었다.
샬롯의 정체가 사실은 들켰고.
카리나 공주가 샬롯의 정체를 지키기 위해서, 제물이 된다
고 폐하에게 선언하고.
"……스로우 님?"
그리고, 그리고?

──네가 나를 좋아한다고 했다.

"자……자, 장난치지 마!"

참는 것도 한계였다.

"가만있으니까 제멋대로 말하고 있어! 처, 처음부터 다시
해!"
왜냐면, 그렇잖아.
지금 그건, 내 인생의 목표라고.
지금까지 노력해 온 모든 것이다.
그 모든 것을 지금, 네가 말해 버리면.

──나는 어떡하면 되는 건데!

"샬롯, 지금 그건 안 들은 걸로 할 거야!"

"어, 어어어! 어째서인가요! 저, 굉장히 용기를 냈는데요!"

"계획을 다 망쳤어! 조금은 내 마음도 생각을 해 봐!"

"스로우 님의 마음을…… 그게 뭔데요! 그러면 스로우 님의 행동에 휘둘려 다니는 제 마음도 생각해 주세요!"

"내 행동에 어째서 샬롯이 휘둘리는데!"

"그치만! 좋아하는 사람이 다른 애를 꼬셨잖아요! 용서 못하잖아요!"

"윽! 그건 오해라고 했잖아! 내가 좋아하는 건, 너니까!"

"오해라는 걸 알아도 싫은 건 싫은 거…… 어…… 스로우 님, 지금 뭐라고."

"내가 좋아하는 사람은 너뿐이라는 걸 왜 모르는 거야! 이렇게, 나는──!"

"스, 스로우 님…… 저기……."

"너를── 너밖에, 보지 않는다고!"

지리멸렬하다.

스스로도 무슨 말을 하는 건지 모르겠다.

하지만, 내가 먼저다. 내가 먼저란 말야.

"내가 먼저야! 그러니까, 내가 먼저 말할 권리가 있어!"

계속 타오르는 이 마음.
털어놓는 건, 내가 먼저라고 생각했으니까.

"내가 훨씬, 훨씬 먼저 너를 좋아했단 말이야!"
"스, 스로우 님, 자기가 무슨 말을 하는지 알고 있는 건가요!"

고백은 로맨틱하게.
그런 것을, 머릿속 어디선가 상상하고 있었다.

"넌 나를 최근에 좋아하게 됐잖아! 나는 달라. 나는 너보다
백 배는, 빨라!"

돌이켜보면.
백점만점의 미래 따위 하나도 없었다.
기세에 맡기고 고백한 거지만.
이렇게 하는 것이 무엇보다도 자연스럽다는 생각이 들어 어
쩔 수가 없어서.

"나…… 나는 너를, 엄청 좋아한단 말야…….
점점 줄어드는 목소리.

너무나, 한심스러워서.

하지만 나다워서, 마음속 깊은 곳에서 작게 웃었다.

"나는 너를, 좋아해…… 그, 그렇게 된 거니까…….."

"……………."

샬롯이 볼을 양손으로 누르고, 새빨개졌다.

커다란 눈동자로 나를 바라보며. 울 것 같았다. 나도 울 것 같았다.

구세주님…….

혹시 나.

사고 친 걸지도 몰라요.

●

휑하니 인기척이 느껴지지 않는 대성당.

카리나는 입구에서 가장 가까운 벤치에 앉아 침묵에 몸을 맡기고 있었다.

평소에는 장엄한 오르간의 연주를 들으며 신들에게 기도를 바치는 신의 안뜰. 높은 천장에 있는 스테인드 글라스에서 내리쬐는 빛은 지친 몸을 정화하는 것 같았다.

크루슈 마법학원을 습격한 몬스터 소동 때는 수많은 사람이 이 장소에 농성하며 구원의 손길을 기다렸다고 한다.

"창에서 거대한 용의 모습이 보였다 이건가. 생각만 해도 오싹하네."

학생 한 명이 용 살해를 하기에 이른 기적의 밤.

"……안 돼. 잡념이 들어가 버려."

이건 겉치레긴 하지만 가디언 세리온에 이르는 기도 의식.

적어도 자신의 미래에 관해 생각을 정리해야 하는 것이다.

"미래, 미래라. 내 미래……."

말은 그렇게 해도.

지금도 자신에게 여왕의 자질이 있는가 물어봐도, 카리나는 아니라고 단언할 수 있었다.

남들보다 뛰어난 것은 마법을 다루는 것 정도.

그렇지만 레크트라이클 말로는 카리나는 정령에게 사랑받고 있다 한다.

기사국가의 여왕에게 요구되는 자질은 그야말로 그것이니 아무 문제도 없다고 한다.

그러나 기사들이 목숨을 걸고 이런 자신을 지켜야 할까. 알수가 없다.

왜냐면 신민에게 사랑받는 어머니 엘리노어 다리스와 비교해 자신은 너무나도 왜소한 존재이기 때문이다. 내성적이고, 도무지 여왕이 될 그릇이란 생각이 안 들었다.

"그렇지만…… 해 주겠어. 딱히 죽는다고 정해진 것도 아니고."

지금은── 조금이나마 자랑스러운 기분이었다.

　이런 자신이라도 그들을 지킬 수 있다는 걸 알았으니까.

　여왕 폐하에게, 어머님에게 처음으로 자신의 의사를 관철할 수 있었으니까.

　바람의 대정령과 생긴 인연. 그리고 스로우의 공헌에 보답하여 그가 계속 지켜온 샬롯 릴리 휴잭의 정체를 밝히지 말아 달라고.

　그에 대해, 엘리노어 다리스가 카리나에게 고한 조건은 마녀와 대치하는 것.

　"윽."

　문이 열리는 소리. 드디어 왔다, 그렇게 생각했는데.

　"어째서……!"

　기다리던 사람, 이 아니다.

　문 너머에서 나타난 것은 카리나에게 커다란 영향을 준 두 사람이다.

　여자애 쪽이, 얼굴이 빨개져서 계속 고개를 숙이고 있는 게 신경 쓰이지만.

　그렇지만, 여기서 만날 리가 없었다.

　왜냐하면 시련을 뛰어넘은 다음, 그들과 대등하게 친구가 되고 싶었으니까.

　"──샬롯에게 전부 들었어요. 카리나 공주님, 너무하잖아요."

"······전부라니."

"당신이 말한 것 전부요. 비밀주의인 건 여왕 폐하만으로 충분하다고 생각했지만, 뜻밖에 카리나 공주님도 폐하랑 닮았네요."

"안 닮았어. 나는 너희를 위험에 빠뜨리고 싶지 않아. 사람을 사지로 내모는 어머님하고는 달라."

"그건 폐하의 본심을 들어보지 않으면 모르지만요."

카리나 리틀 다리스는 스로우 메닝에게 한없는 은혜를 입었다.

용에게서 구해 줬다. 학원을 구해 줬다.

그가 샬롯을 계속 지켜 온 것은 명백하다.

그래서, 이번 일은 한 번 패배했던 마녀에게서 그를 떼어놓은 것인데.

"스, 스로우 군. 너는 말야. 무턱대고 행동하는 것도 정도가 있어야 한다고 생각은 했지만······ 설마 기도 의식에 난입해 올 거라고 생각은 못했어. 그리고 샬롯, 그 일은 스로우 군한테는 비밀이라고 했는데······."

"······죄, 죄송해요. 하지만, 지금. 저한테는 말 걸지 말아 주세요······ 머리가, 너무 복잡해서······."

본심은 견딜 수 없을 정도로 기쁘다. 혼자라고 생각했었다. 로열 나이트들은 모두 콜로세움에서 때를 기다리고 있었다. 마음이 허전했다. 누군가 곁에 있어 주기를 바랐다. 그렇지만, 오로지 혼자. 그것이 여기에 틀어박힌 자신의 말로. 손을 뻗어 주는 사람은 전무하다.

"샬롯을 탓하지 말아 주세요. 나한테 이 장소에 올 용기를 준 사람은 샬롯이에요. 본래 샬롯은 이런 무시무시한 장소에 혼자서 오려고 했다니까요."

"어째서…… 나는 샬롯한테 심술을 부렸는데."

"심술? 터무니없어요, 카리나 공주님. 샬롯의 내력을 알고서, 그래도 우리 편을 들어주는 사람이 있다니."

빛이 들어온다.

대성당 밖에서 용 살해를 달성한 소년이 당당하게 고했다.

"그저 그것만으로도—— 우리는 구원을 받았어요. 지금 우리가 안온한 나날을 보낼 수 있는 이유는 카리나 전하, 당신이 지켜줬기 때문이에요."

"……"

"이 나라에 샬롯의 과거를 알고서 편들어주는 사람은 없다고 저는 생각해 왔어요. 최악의 경우 이 나라를 떠나는 것도 각오하고 있었는데요. 계속 감추는 게 불가능하다는 깨닫고 있었어요. 그래서 전 기뻐서 어쩔 수가 없어요. 카리나 공주님, 어째서인가요? 어째서 당신은 샬롯을, 우리를 지켜주는 건가요?"

"……예전에 너는 내 편이 되어 주었어. 이번에는 내 차례라고 생각해서——."

그것에, 카리나는 구원받았다.

전에 마법학원에 머물렀던 게 계기가 되어 단단하게 굳어 있던 카리나의 무언가가 분명히 부서졌다.

돌아가는 길에 드래곤을 보고서, 이런 인생이라면 죽어도 좋다고 생각했는데 죽고 싶지 않다고 생각해 버렸다. 아직 하고 싶은 일이 잔뜩 있는 것을 깨달아 버렸다.

"뭐, 그건……. 나도 샬롯의 비밀을 지키기 위해서 이렇게 목숨을 걸고 있으니까. 좀 더 빨리 스로우 군한테 털어놨어도 좋았겠지만. 내가 이렇게 노력했다고……."

풀어지는 볼을 감추기 위해서 두 사람에게 등을 돌렸다.

사실은 너무나 기쁜데, 수줍기도 했다.

그러나 그 행동이 계기였다.

몇십 줄이나 이어지는 긴 의자의 한 자리에, 오도카니 앉은 누군가.

그 모습을 발견한 순간── 그 자리에 있는 자들이 누구나, 긴장으로 몸이 굳었다.

"스, 스로우 님, 저기…… 저기에──!"

파랗고 맑은 눈동자.

아무것도 모르는 자가 보면 따스하고 상냥해 보이는 눈길을 주는 그녀가 여신으로 보일지도 모르지만, 그들은 그녀의 본질을 알고 있었다.

"괘, 괜찮아…… 샬롯. 당장 덤빌 기색은 없는 것 같아."

어둠 속에 몸을 녹인 채, 그녀는 언제부터 있었는지 알 수가 없다.

그렇지만 자신들이 적의 존재를 깨닫지 못한 이유는 금방 알았다.

그 어떤 적의도, 자신들을 해칠 분위기도 느껴지지 않았다.

오히려 흐뭇한 것을 보는 부드러운 눈빛으로, 도스톨 제국의 마녀가 의자에 얌전히 앉아 있었다.

●

"프란시스카—— 우리는 네 적이잖아. 어째서 가만히 있었지?"

깨닫고 보니 적의 기척이 질척하게 달라붙는다.

나는 두 사람을 지키고자 앞으로 나섰다.

이 자리는 가디언 세리온의 기도장. 우리 말고 누가 있을 수는 없다.

"당신들을 계속 보고 있었는데, 덕분에 허탈해졌어요."

저 녀석은, 내가 한 번 패배한 상대.

도스톨 제국의 삼총사. 어둠의 대정령이 그 힘에 절대적인 신뢰를 주는 마녀. 왼팔이 꿈틀거리는 검은 무언가에 휩싸여 있다. 가디언 돌프루이 경이 잘라낸 한쪽 팔 대신이군.

"움직이는 건 그만두세요. 스로우 데닝. 당신은 나를 이길 수 없어요. 그리고 알고 있겠죠? 지금 나에게 이 나라의 공주님을 해칠 의도는 없어요. 내 적은 엘리노어 다리스뿐."

"……그런 헛소리를 내가 믿을 것 같아?"

"그러니까 가만히 있었는데요? 기회는 얼마든지 있었지만, 당신들의 모습이 너무나 흐뭇해서."

"이 자리에 찾아온 의도는 뭐야?"

"기왕이니 그 여자의 생각에 넘어가 줄까 해서요. 그 밖에도, 그렇네요. 나는…… 그 여자의 딸인 공주님하고 얘기하고 싶었어요. 그러니까 스로우 데닝, 지금의 당신은 방해돼요. 공주님도 나랑 같은 기분인 것 같으니까."

"설마."

"스로우 군…… 미안해. 나도 조금, 저 사람과 얘기하고 싶어."

"카리나 공주님…… 저 녀석은 진짜 위험한 인물인데요."

"응. 알고 있어. 하지만 신기하게도 무섭지 않아."

저 녀석은 틀림없는 적이다.

왕도에서 몇 명이나 되는 로열 나이트를 해치고, 폐하의 목숨을 노린 대죄인. 그런데 마녀는 카리나 공주와 세상 이야기나 하자고 말했고, 카리나 공주도 받아들였다. 역시 카리나 공주도 보통 사람은 아니야……. 샬롯은 내 팔을 붙잡고서 부들부들 떨고 있는데……. 아, 위험해. 샬롯의 얼굴을 보니까 아까 한 고백이 떠올라서, 자연스럽게 표정이 풀려 버린다.

"먼저 말해 두겠어요. 나는 전부 이해하고 있어요. 이 대성당 전체가 그쪽으로 이어지는 전송 마법진의 역할을 한다는 것을, 그들이 이 앞에서 만전의 상태로 나를 기다리고 있는 것을, 모두요. 다만 이렇게 모습을 드러낸 건 그 가여운 공주님과 조금만 이야기를 하고 싶어서. 정말로 그것을 위해서예요."

"……프란시스카, 네 목적은 남북의 전쟁, 그리고 나아가 제국을 통한 대륙 통일이었을 텐데. 지금의 네 목적은 뭐야?"

"일국의 왕이 그런 지저분한 인간이라니. 도저히 견딜 수 없거든요. 공주님, 당신이 그 여자가 가진 끝 모를 어둠을 어디까지 눈치챘는지는 모르겠지만, 그 여자는 왕궁에서 계속 웃고 있었어요. 얼른 내 딸을 인질로 잡아보렴? 소리를 내지 않고, 나한테 표정만으로 말하고 있었어요."

찌릿찌릿. 마녀의 분노를 느끼고 소름이 돋았다.

"내가 이 세상에서 가장 용서할 수 없는 자는, 힘이 있으면서 동료를, 가족을 버리는 자."

마녀 프란시스카가 위대한 마법사가 된 원점.

자신에게 충성을 맹세한 동료에게 마녀는 언제든지 구원의 손을 뻗었다.

그런 그녀이기 때문에―― 여왕 폐하의 행동을 용서하지 못하는 것이다.

"내가 바라는 세상에 그건 필요 없어요. 그것의 존재는 내가 부정해요. 설령 이 앞에 누가 기다리고 있더라도, 상관없어요."

"어머님도 대단한 마법사에게 미움을 받은 모양이네."

"공주님. 그런 여자가 자신의 어머니라니. 참 살아가기 힘들 었겠죠."

"……부정은 못하겠어. 어째서 그런 사람이 내 어머님인 걸까, 더 상냥했으면 좋았을 텐데. 그렇게 생각하지 않은 날이 없으니까. 다만 어머님도 나에게 같은 마음을 가졌을 거라고 생각하지만 말이야. 그렇지만 역시 당신은 어머님에게 이길 수 없다고 생각해. 어머님에겐 월하의 가디언, 다리스 최강의 남자가 있으니까."

"내 왼팔을 눈 깜짝할 사이에 잘라 버린 그 남자인가요. 분명히 엘리노어 다리스에게 가는 길은 높고 험난해요."

전에 유우기리 선생님을 세뇌한 그때하고는 다르다.

마녀의 이 차분함은 뭐지?

지금 이 녀석은 씐 것이 떨어진 것 같아서, 굉장히 대하기 어렵다.

끝 모를 으스스함이 느껴지는 것이다.

"폐하에 대한 적의 같은 건 네가 삼키면 되는 거야. 얌전히 북방으로 돌아갈 수는 없냐? 로열 나이츠가 기다리는 전장으로 가면 너는 뜻을 못 이루고 죽어. 네가 하려고 하는 건, 그저 모든 것을 가지고 태어난 폐하에 대한 분풀이야."

부탁이니까 좀 돌아가라.

그런 내 마음이 통할 거라고 생각진 않지만, 새삼 물었다.

북방에서 이 녀석의 인기는 절대적이다. 분명히 지금은 신부라고 불리는 남자가 이끄는, 북방에서 급속하게 퍼지고 있는 사교 집단의 섬멸에 힘을 쏟고 있었다.

남겨둔 동료들도 있을 것이다. 그들은 이 녀석이 돌아오기를 기다리고 있을 거야.

"맹주님 마음에 들 만하네요. 이 아이는 전황을 잘 알고 있어요. 그렇지만, 이미 늦었어요—— 눈치챘네요."

그 말이 계기가 되어, 기묘한 무늬가 내싱당 바닥에 **출현했**다. 빛으로 반짝이는 마력 문자는 바닥에서 공중으로 입체적으로 떠올라, 몇 가지 마법진을 만들어냈다.

그 직후에 범상치 않은 마력이 휘몰아쳤고, 난 반사적으로 옆에 선 샬롯의 손을 쥐었다.

"과연 레크트라이클. 왕도에 있으면서 전송진 위에 내가 있는 걸 눈치챘군요."

"샬롯, 카리나 공주님! 얼른 내 손을 붙잡으세요!"

빛이 터지고—— 전송이 시작됐다.

내가 공포를 느낄 정도의 힘. 그야말로 규격이 다르다.

이 마법은 멀리 떨어진 왕도에서 행사한 것이다.

의식이 불투명해진다. 흐릿해진다. 소용돌이 속에 휩쓸린다. 마치 해류에 빠진 것 같았다. 몸이 둥실 공중에 떠오른다.

그렇지만 양손에 붙잡은 두 사람의 감촉은 내가 분명 여기 있다고 느끼게 해 준다. 나는 아직 살아 있다고 실감하게 해

준다.

이건 그 녀석에게만 허용된 대마법. 마도대국이 레크트라이클을 노리는 이유이자, 이것만을 위해 연구 기관이 발족되었을 정도인 기사국가의 예지(叡智).

『마녀 말고도, 거기 있는 장난꾸러기는 누굴까──?』

머릿속에 울리는 차분한 목소리.

지금 그건 왕도에 군림하는 레크트라이클이었다.

『내 마법에 맞추는 게 상당히 능숙한데, 마치 다 아는 것 같아. 하지만 거기 있다는 건 카리나의 친구일까? 그 애한테 친구가 생기다니, 기쁜걸──.』

그리고, 백색으로 물든 세계에 색이 돌아왔다.

동시에 부유하고 있던 감각도 명확해지고, 발이 또다시 어딘가에 착지했다.

양옆에서 공주님 두 사람이 기분 나쁘다는 소리를 내는 게 들렸지만, 어쩔 수 없다.

숨을 내쉬면서 눈을 떴다. 전송은 맞추는 법을 모르면 이렇게 된다. 특히 샬롯은, 윽. 좀비 같았다.

"여기에, 토벌의 시작을 고합니다."

앞에는 예상대로.

그 널찍한 투기장의 중심에 우리가 있었고.

눈앞에는 완전 무장한 로열 나이츠. 그 수는 312명.

다리스 왕실이 보유한 로열 나이트의 절반을 넘는 수였다.

"──로열 나이츠. 저것을 토벌하세요."

그리고, 아무런 주저도 없이.

관객석의 최상단.

모든 것을 내다볼 수 있는 특등석에 앉은 엘리노어 다리스의 목소리가 전투를 시작하는 신호가 됐다.

5장 누구나 바라는 미래

이미 전투가 시작된 지, 제법 시간이 경과했다.

나는 그저 눈앞에 펼쳐지는 전투의 광경을…… 가만히 손가락을 물고서 보고 있을 뿐이었다.

"크슈나, 마법 생물의 무리를 돌파하여 활로를 열고 와라아앗!"

"저놈의 마법에 어떤 힘이 담겼는지는 일절 불명이다! 최대한 회피에 전념해라!"

삼총사 중 한 명, 닥터 힐은 정말 다양한 마법을 뿜어낸다.

기본은 물의 마법.

질척질척하게 녹은 마법 생물이 왕실기사가 가는 길을 가로막고, 하늘에서는 얼음 조각상이 급습. 무시무시한 수의 저것들 모두 마녀가 만들어낸 힘이며, 기사들이 노리는 근거리 공격을 멀리 떼어놓고 있었다.

그러나 로열 나이트들은 한 치의 흐트러짐 없는 연계로 마녀가 만들어낸 마법 생물을 구축.

제국의 마녀를 상대로 호각 이상으로 싸우고 있었다. 나는 그 힘에 말을 잃을 수밖에 없었다.

"스로우 군. 꽤나 놀라고 있는 것 같네만, 자네는 로열 나이츠가 조직적으로 싸우는 모습을 보는 것은 처음인가?"

"네, 학원장님. 맞아요. 로열 나이트들이 저런 사지에서 웃을 수 있다니, 생각했던 것보다 상당한 경험을 쌓은 모양이네요."

"폐하의 적은 눈에 보이는 상대들뿐이 아니야. 그래서 폐하와 말디니는 로열 나이트의 활약이 외부에 흘러나가는 것을 싫어했다네."

"……그래서인가요."

"그래. 그렇기에 민중은 로열 나이트가 어느 정도 수라장을 헤쳐 나왔는지 모르지."

그렇다.

언제나 전장에 있는 정신을 내세우는 공작가 사람과 비교해서 경험이 부족하다. 일반적으로 로열 나이트들은 그렇게 생각되지만, 이 싸움을 보고 정말로 그렇게 말할 수 있는 자가 몇 명이나 될까?

저것이 기사국가의 왕족을 지키기 위해 조직된 집단.

왕실을 지키기 위한 검이 공격으로 전환되면, 이 정도의 힘이 되는 거구나.

"그렇지만 학원장님. 로열 나이트들은 왜 저렇게 사기가 높은 겁니까……."

"나도 이 정도까지 강한 로열 나이츠를 본 적이 없다네. 역시 왕궁에서 몸을 던져 폐하를 지킨 결과 아직도 잠에서 깨어날 기색이 없는 로열 나이츠 단장, 요하네 말디니가 쓰러지기 전에 남긴 말이 효과가 있는 것이겠지."

"——할아범! 데닝이랑 뭘 태평하게 이야기를 하고 있어, 나한테만 일을 떠넘기지 마! 결계 유지는 서투르단 말이다. 알고 있잖아!"

엷은 결계막 안에 손을 집어넣고서 눈을 감고 있던 로코모코 선생님이 약한 소리를 뱉었다.

"로코모코. 이것도 수행의 일환일세. 그대는 방어를 소홀히 하는 경향이 있으니 말이야. 그리고 레크트라이클의 힘이 담겨 있는 결계의 해방은 흔히 경험할 수 있는 것이 아니야."

"이 결계가 공주 전하의 생명선이라고! 태평하게 수행 따위 할 수 있겠냐고!"

그렇다. 잊어선 안 된다.

우리가 이렇게 태평하게 전투를 관전할 수 있는 이유.

몇 겹으로 친 결계 때문이다. 때때로 강력한 마법이 우리가 있는 장소까지 날아오지만, 이 결계가 모든 공격에서 우리를 지키고 있다.

"그러나 학원장님. 폐하도 고약하네요. 애당초 카리나 공주님의 안전을 생각해서 만전의 준비를 하고 있었다니."

"미안하다고 생각은 하고 있다네. 그러나 카리나 공주님의 각오를 시험하기 위해서도 필요했지."

"그~렇게 된 거다, 데닝! 물론 너희가 공주 전하랑 같이 오는 건 아무리 그래도 계획에 없었지만 말이야! 그리고 너, 마력 멀미에서 너무 빨리 회복하잖아!"

대성당에서 이 투기장까지, 한순간의 전이를 가능하게 만든 믿을 수 없는 기적.

레크트라이클의 힘은 어엿하게 발동했다.

대성당과 투기장을 연결하는 빛의 길을, 우리는 한순간에 도약했다.

그리고 눈을 떴더니, 옆에는 모로조프 학원장님과 로코모코 선생님이 있었다.

『──스로우 군. 이거 우연이군그래.』

『하, 학원장님? 게다가 로코모코 선생님까지…….』

『할아범, 세상 돌아가는 이야기라면 나중에 얼마든지 할 수 있잖아! 저놈들의 싸움에 말려들면 못 견딘다고!』

나는 선생님들이 이 자리에 있는 이유를 물어보려고 했지만…… 일단 구토를 억누르는 게 먼저였다.

각오는 하고 있었지만, 전이 때문에 몸에 흐르는 오한이 멈추지 않는다.

더욱이 나랑 같이 전이해 온 공주님 두 명의 경우, 카리나 공주는 눈을 감은 채 버티고 있는 것 같지만, 샬롯은 지금까지 본 적이 없는 얼굴이었다…….

『미안하지만 데닝, 네 종자는 재우겠다! 견디는 게 전부가 아냐!』

『허어, 로코모코. 좋은 판단이구나. 그러면…… 이 자리에 있는 것은 위험하겠군.』

조금 전까지 우리가 있던 장소는 이미 전장이 되어가고 있으며.

서둘러서 거리를 벌리는 우리에게 마녀는 조금도 의식을 기울이지 않았다.

대성당에서 마녀가 말한 것처럼, 그녀의 목적은 폐하의 꿍꿍이를 정면으로 타도하는 것뿐.

이렇게.

우리는 투쟁의 중심지에서 벗어나, 결계 안에서 싸움을 지켜보게 된 것이다.

『숫자에 겁먹지 마라! 적은 한 명이다!』

관객석의 최상단에 앉은 여왕의 신호에 따라 로열 나이츠가 마녀를 공격하고, 마녀도 대항하듯 하늘로 마력탄을 쏘아냈다.

전이의 영향에 끄떡도 않는 마녀의 행동. 아연해진 기사 앞에서 마력탄이 분열과 확대를 반복하더니 그 수가 크고 작은 걸 합쳐 백을 넘어섰다. 크루슈 마법학원의 학생들 정도는 1초도 안 되어 없애 버릴 마녀의 힘이, 지상의 기사들에게 파도처럼 쏟아져 내렸다.

『당황하지 않고 대처하면 이 정도는――.』

『아래쪽에서도 온다!』

땅바닥에서 천을 넘는 칼날이 기사들을 꼬치로 만들고자 미쳐 날뛴다.

그러나 그들은 그냥 전사가 아니다.

한 명 한 명이 나라를 짊어지는 기사이며, 달인이다.

마녀의 등 뒤에서 전개되는 백을 넘어서는 마법진을 두려워하는 자는 한 명도 없었다.

그러나 그중에서도 상황을 가만히 바라보는 로열 나이트가 한 명.

폐하가 가진 최강의 칼날. 가디언은 지금도 폐하 옆에서 전황을 노려보기만 했다.

"학원장님. 돌프루이 경이 전투에 참가하지 않는 이유 말인데요, 역시――."

"폐하는 가디언을 온존하고서 저 마녀를 쓰러뜨리는 것을 바라고 계신다네."

"상대는 그 삼총사 중 한 명, 이 싸움의 결과가 기사국가의 미래를 정할 텐데…… 폐하는 대체 무슨 생각을 하는 거죠."

"데닝. 폐하의 생각은 지당하다. 가디언을 빼고서 삼총사 중 한 명을 타도할 수 있다면, 타국에 힘을 보일 수 있어. 할아범, 카리나 공주님 전하의 용태는――."

"얼마 동안 절대 안정이겠지. 그 정도의 마력을 쐬고서 팔팔한 것이 이상한 것이야."

성당에서 전이해 오는 건 온몸에 방대한 마력을 받아내는 것과 같은 뜻.

대성당과 숲속을 연결하는 전이.

범상치 않은 마력 멀미다. 심각함이 각오했던 것 이상이었다. 공주님 두 사람은 완전히 맛이 갔고, 로코모코 선생님이 잠재운 샬롯은 터무니없는 악몽이라도 꾸고 있는 건지 계속 가위에 눌리고 있었다.

카리나 공주는 이마에 손을 대고서, 두통을 견디면서도 전투를 응시했다.

"모로조프. 아무리 몸 상태가 나빠져도…… 나를 잠재우는 건…… 꿈도 꾸지 마……."

"공주 전하의 바람이시라면."

카리나 공주의 지기 싫어하는 오기에 놀랐다.

방 안에 틀어박혀 있던 그 모습하고는 다른 사람 같다.

"그러나 스로우 군. 우리도 혼란에 빠진 것은 마찬가지일세. 마녀는 카리나 공주님을 인질로 잡아 이 자리에 나타날 거라고 들었네만, 그러한 기색이 일절 없더군. 대체 대성당에서 무슨 일이 있었나?"

"학원장님. 나는 대성당에서 마녀와 이야기를 했어요. 저 녀석은 처음부터 카리나 공주님을 인질로 잡을 생각 따위 하나도 없었어요. 그것뿐이 아니에요. 마녀의 생각은 어둠의 대정 령을 통해 폐하에게도 전해져 있었던 것 같아요. 처음부터 마 녀는, 폐하를 쓰러뜨리는 것밖에 생각하지 않았어요."

"스로우 군의 말이 진실이라면, 우리도 폐하에게 한 방 먹은 셈이 되는구먼. 그러나 폐하도 그런 중요한 정보를 아무에게 도 흘리지 않았다니…… 여전히, 누구도 믿지 않는 분이야."

"정말로…… 웃기지도 않아요."

대성당에서 마녀는 카리나 공주를 인질로 삼는 기색을 보이 지 않았다.

그 녀석은 정면으로 폐하를 쓰러뜨리기 위해서, 굳이 로열 나이츠가 기다리는 전장으로 뛰어들었다.

그에 비해 폐하는 가디언을 온존하여 타국에 힘을 보이기 위 한 전투를 선택했다.

"데닝. 납득 못하겠다는 표정이구만."

"어떻게 납득하겠어요. 폐하의 방식은 도박이랑 마찬가지 에요. 분명히 이기면 영예가 손에 들어올지도 모르지만, 지 면 끝장인걸요."

"로열 나이트였던 나는 간단히 받아들일 수 있지만 말이다. 폐하는 옛날부터 계속 그랬다. 마음속 깊은 곳부터── 아무 도 믿지 않으시지."

로코모코 선생님 말을 듣고서 가슴에 솟아오르는 이 감정은.

더 이상, 어떻게 불러야 할지도 모르겠다.

●

　고참인 로열 나이트 달튼에게 이번 상대는 숙적이라고 불러도 될 것이다.

　"결계 유지를 확인! 공주 전하는 여전히 무사하시다! 저놈에게만 집중해라!"

　"건너편에 정신 팔지 마라! 저건 레크트라이클이 모로조프에게 내린 힘! 마법의 여파를 아무리 맞아도, 절대 부서지지 않는다!"

　마법으로 자신의 형태를 언제나 흐릿하게 만들어, 육안으로는 확실히 인식할 수가 없다.

　저자가 홀로 군에 필적한다고 말하는 제국 삼총사 중 한 명, 프란시스카.

　삼총사 안에서도 가장 정보가 적으며, 단 한 명을 상대로 압도되고 있었다.

　"거리를 벌려 교란해라! 우리의 힘은 숫자다, 1대1로 몰리지 마라! 윽, 올리버! 물러나라! 그 상처는, 당장 치유할 수 없지 않나!"

　"달튼! 내 상처보다도 귀하 쪽이 훨씬 중상이 아닌가! 이미 우리는 사지에 있는 것이다, 함께 가자!"

　로열 나이트는 민중이 생각하는 것처럼 양지에 드러나는 일만 하는 것이 아니다.

때로는 공개할 수 없는 어둠을 비밀리에 묻어 온 것이다. 그런 달튼에게도 이번 적은 전에 없었을 정도로 어둠에 물든 상대가 틀림없다.

전대미문── 여왕 폐하의 목을 노리는 자니까.

"일도양단! 마녀를 사정거리에 포착했다! 이제부터 우리는 신전 마법의 구축에 들어간다──."

"이쪽은 문제없다!"

달튼은 과정에는 흥미가 없었다.

마녀가 어떠한 수단으로 왕궁에 침입했는지, 관심도 흥미도 전혀 없었다.

로열 나이트의 역할은 왕족의 수호뿐이다. 폐하가 마녀를 상대한다면, 자신들은 명령을 수행할 뿐이다.

"엘리노어 다리스. 자랑거리인 가디언을 보내지 않다니, 꽤나 저를 얕보는걸요."

무표정하게 이쪽을 노려보는 저 마녀가, 수법을 모두 드러냈다고 생각할 수가 없다.

그러나 그때.

가디언이 한순간에 마녀의 왼팔을 베어 내고, 기사단장이 목숨을 던져 반신에 상처를 새겼다.

그때와 비교하면, 가디언과 기사단장 두 명이 빠져 있지만 준비는 해 왔다.

"저를 얕보는 여유가 있다고는 도저히 생각하기 어렵지만, 장난은 이만 끝내도록 하죠."

마녀의 시야에 펼쳐진 기사의 무리.

기사국가가 자랑하는 정예집단은 그녀에게 아무런 위협도 되지 않는다.

모든 것은 전초전.

마녀는 높은 곳을 올려다보며 작게 웃었다.

가디언이 지키는 그 앞에는—— 엘리노어 다리스와 어둠의 대정령의 모습이 보였다.

●

"스로우 군, 어깨에서 힘을 빼는 게 좋다네. 우리의 역할은 이미 끝난 것이나 마찬가지이니까."

나는 손톱이 파고들 정도로 강하게 주먹을 움켜쥐고서, 그들의 싸움을 바라보고 있었다.

상처 입은 자를 치료하는 자가 있었다. 마녀에게 도발을 반복하는 자가 있었다. 평소의 쿨한 로열 나이트들을 봐서는 상상도 못할, 민낯의 그들이 거기 있었다.

전투의 여파가 결계에 부딪히고, 소멸한다. 일반적인 마법사가 구축하는 결계라면 일격으로 부서질 테지만, 이 결계는 여전히 이상한 강도를 자랑하고 있었다.

"학원장님. 이 결계는———."

"레크트라이클의 힘이 담긴 매직 아이템을 이용해서 구축한 결계라네. 분하지만 우리의 힘으로 이 정도의 것은 만들 수 없어."

"역시…… 그랬었나요."

"이 힘을 사용하고 있는 한, 우리는 다른 마법을 쓸 수가 없다네. 스로우 군이 있어 주어 다행이야. 자네가 없었다면 카리나 공주 전하에게 치유의 힐을 사용할 수 없었지."

꿈나라로 여행을 떠난 샬롯과 달리, 카리나 공주는 현실에 머무르고 있었다.

결계 너머에서 싸우는 그들을 무표정으로 응시한다.

아니, 그들이라기보다는 오로지 홀로 로열 나이트와 맞서고 있는 마녀 한 명이다.

우리의 목소리가 들리는 것처럼 보이지 않았다.

"학원장님, 로코모코 선생님. 한 가지 가르쳐 주세요."

"뭐냐? 데닝. 아직 왕도에 데리고 가지 않은 걸 화내고 있냐?"

"이제 그건 됐어요. 다만 전 알고 싶어요. 이 전투의 결말이 다리스의 미래에 어느 정도 가치가 있는지…… 폐하는 정말로 이해를 하고 계신 건가요?"

나는 『슈야 마리오넷』이라는 또 하나의 미래를 알고 있다.

전쟁에 이르는 미래를 회피하기 위해서도, 나는 어떤 상대라도 전력으로 도전하여 타도한다.

그런데 여왕 폐하는 가디언을 전투에 참가시키지 않는다.

이것은, 그렇게 제한 플레이가 용납되는 전투가 아닌 것이다.

"어둠의 대정령도, 가디언마저도 전투에 참가하지 않아요. 그 두 사람이 있으면 기사국가는 승리를 손에 넣고 마녀의 꿈은 끝나죠. 나는 이것이 최선이며, 그래야 한다고 생각합니다."

"스로우 군. 폐하는 기사국가의 무력을 드러내기를 바라신다네."

사력을 다해 싸우는 로열 나이트를 보고서, 아무것도 하지 않는 자신이 있다.

지금까지는 계속해서 당사자였다.

그래서일까?

실제로 눈앞에서 보니, 계속 방관자로 있는 것을 견딜 수가 없을 것 같았다.

"데닝. 나나 학원장은 공주 전하를 지키는 것이 역할이고, 저기서 싸우고 있는 로열 나이트는 마녀를 죽이는 게 역할이다. 분명히 우리에게는 힘이 있다. 최소한 저쪽에 있어도 충분히 통할 정도의 힘을 가지고 있지만, 공주 전하를 지키는 것도 중요한 역할이야."

"도스톨 제국의 삼총사 상대로 힘을 아낀다는 소린 들어본 적이 없어요."

"그렇기 때문에 나라의 힘을 보이기에는 절호의 기회라고 할 수 있겠지. 폐하의 생각은 분명히 무를지도 모르지만, 성공하면 메리트도 크다."

성공하면. 그것은 가정의 이야기다.

같은 제국 삼총사를 상대한 제네라우스에서는 수많은 모험가가 힘을 합쳐 승리를 쟁취했다. 힘을 줄이는 짓은 전혀 하지 않았다.

그런데 가디언을 참전시키지 않다니, 나라의 힘을 외국에 보이기 위해서?

──아니다.

이 싸움은 카리나 공주를 위해서다.

장래, 기사국가의 여왕으로 즉위하는 카리나 공주.

그때까지 기사국가를 남방 제일의 강대국으로 성장시킨다.

모든 것은 사랑하는 딸이──.

장래, 남방의 주변 국가들과 관계에서 괴로워하지 않기를 바라며 벌이는 전투인 것이다.

"소용없다네, 스로우 군. 레크트라이클이 구축한 이 결계는 ── 모든 것을 막아내지."

어째서일까?

그 사실이, 나를 엄청 짜증 나게 만들고 있었다.

●

"달튼, 에드가 당했다! 마녀의 포위에 구멍이 뚫렸다!"

"에드의 구멍은 내가 메우겠어! 그보다도 신전 마법의 준비는 멀었냐!"

마녀의 압력이 높아지고, 달튼은 불길한 예감에 지배당하고 있었다.

도스톨 제국의 삼총사.

미궁도시에서는 마녀와 같은 삼총사 한 명을──S급 모험가, 홍련의 눈동자가 도시의 힘을 동원해 타파했다.

로열 나이트는 정예다. 정예이기에 자신들의 힘이 마녀에게 한참 미치지 못한다는 것을 이해하고 있었다.

"역시 우리는 억누를 수 없습니다! 돌프루이 경의 지원을 요청합시다!"

"크슈나! 이건 기사국가의 힘을 전 세계에 보일 호기이기도 하다!"

그렇지만──겁먹은 자는 없었다.

왕궁에서는 폐하를 지키기 위해 적의 칼날을 그 몸으로 받은 자가 있었다. 적의 저주를 온몸으로 받은 자가 있었다. 온통 함몰된 땅바닥이, 자신들이 난적을 앞에 두고서 도망칠 수는 없다는 긍지다.

"우리, 불꽃과 바람을 다스리는 자이며."

마녀가 만들어낸 작은 태양 같은 극광 앞에서도 로열 나이트 각자가 장벽을 구축한다. 빛이 질량을 가지기 시작하고, 파괴의 폭풍이 종횡무진으로 불어닥쳤다.

마녀와 기사 한 명 한 명의 힘의 차이는 역력하다.

"창과 방패를 아우르는 자."

그러나 그것이 어쨌다는 건가? 처음부터 역량은 알고 있었다.

그리고 이길 수 있는 상대니까 도전하는 것이 아니다.

이겨야 하기 때문에 도전하는 것이다.

"우리, 피 한 방울까지 기사국가에 바치는 자."

기사들은 충격의 여파를 몸을 숙이며 버티고―― 준비가 끝났다.

"――해방."
　　파 이 어

눈을 짓누르는 것 같은 빛이 마녀를 향해서 뿜어져 나갔다.

지옥의 악귀를 불살라 버렸다고 하는, 성스러운 불꽃이 모든 것을 정화시킨다.

멀리서도 피부가 익을 것 같은 충격을 맛보면서, 마녀가 불꽃에 휩싸였다.

그림자로 도망치는 마녀의 특성. 원리도 수단도 알 수 없지만 그 도망칠 길을 봉하기 위한 불꽃의 해일.

타오르는 불꽃을 눈에 새기며 마녀에게 다가간 로열 나이츠의 선임, 달튼 경이 무너진다. 본인마저도 이해 못하는 이상 사태. 그리고 그것은 다른 로열 나이트에게 연쇄됐다.

한 명, 또 한 명 아무것도 모른 채 땅바닥에 쓰러진다.

그리고, 주위 일대에 뿜어져 나간 불꽃이 사라져 가고——

불꽃 속에서 나타나는 그림자.

"꽤나 물렁하네요. 로열 나이츠. 가엾게도. 당신들은 대체 무슨 원리인지도 모르겠죠."

만전의 준비를 갖추고, 결코 얕보지 않았다.

그럼에도, 굳이 패인을 꼽아 본다면—— 그들은 마녀의 본질은 너무나 몰랐다.

"뿜어져 나온 마법에만 눈길을 주지 말고, 조금만 더 주의 깊게 관찰했으면 깨달았을지도 몰라요."

적은 도스톨 제국이 자랑하는 지고의 강자였다.

연계를 취하는 기사단을 단숨에 붕괴시키는 방식 따위 얼마든지 알고 있었다.

이제 와서 형세는 완전히 역전됐다.

"자, 여기까지입니다. 보세요, 엘리노어 다리스. 준비가 끝났어요."

좀먹는 공기.

이변을 가장 먼저 깨달은 사람은 피해를 입고 있던 로열 나이트가 아니었다. 그들은 깨닫지 못했다. 눈치채지 못했다. 관객석에 진을 치고 있던 가디언은 위화감에 눈을 가늘게 뜨고 있었다.

코에 들어오는 공기에 위화감. 휘몰아치는 공기가, 응어리져 있었다.

"엘리노어. 나는 방관자로서 이 자리에 있어. 그래도 굳이 말을 하자면, 더 이상 힘을 아꼈다간 후회할 거야."

로열 나이트가 쓰러지고, 신음하고 있었다. 그 수는 증가하기만 했다.

이러한 참상을 누가 상상할 수 있었을까?

사태가 심각하다는 것은 명확하다.

어둠의 대정령이 말을 걸자 엘리노어 다리스는 즉시 결단했다.

"루돌프."

말을 걸자 가디언은 단숨에 계단을 달려서 내려가더니, 투기장으로 도약.

전장에 착지하자 현기증을 느꼈다.

──고작 한 번의 호흡으로, 이 정도인가.

즉시 수호검을 휘둘러 들러붙는 공기를 바람으로 떨쳐냈다.

그 모습을 엘리노어가 위에서 보고 표정을 찌푸렸다.

"독인가요…… 이런 수작을."

"어머나, 정답이야. 뿌려둔 약이 불꽃으로 증발, 공기에 섞여 버린 모양이네. 저 애의 상투수단이라고 하면 그렇긴 하지만, 그 수를 쓰는 건 오랜만이야."

"……수호검은, 마법을 끊어냅니다."

"엘리노어. 저건 마법이 아니야. 단순한 작용. 너희에겐 유감이지만 정령이 관여하지 않는 현상에는 수호검도 무력해. 저걸 없애려면 약이 녹아든 땅바닥 일대를 정화해야 해. 그렇지만 독은 강력하고 넓게 퍼졌지. 프란이 그런 틈을 줄 거란 생각은 안 들어."

어둠의 대정령의 말이 들릴 리 없었다.

그러나, 가디언을 전장에 끌어낸 마녀는 소리 내 비웃고 있었다.

정성 들여서 키운 기사들 따위 이 정도라고 보여주는 것처럼 가학적인 웃음을 보낸다.

"……지독한 여자, 대체 뭘 위해서."

"목적? 그야 물론 너에게 보여주기 위해서지. 정말로, 상성이 최악이야."

어둠의 대정령은 마녀의 힘을 충분히 알고 있었다.

왜냐하면 그녀 본인이 키워낸 인재니까.

그러나 다른 결말도 있었다.

처음부터 이 나라 최강의 사내를 전력으로 동원했다면 미래는 바뀌었을 것이다.

"돌프루이 경! 우리는 상관하지 말고 가디언의 힘을, 해방해 주세요!"

지상에 누워 있는 로열 나이트의 외침이 공허하게 울려 퍼질

뿐이다.

가디언은 쓰러져 있는 로열 나이트에게 공격의 여파가 날아가지 않도록, 힘을 억눌러 마녀를 상대했다.

"루돌프…… 뭘 망설이고 있어."

"저 모습을 봐. 누워 있는 로열 나이트가 족쇄가 되어서, 가디언이 전력으로 싸울 수가 없어. 과연 프란, 상대의 약점을 간파하는 힘은 여전히 일급품이야."

어둠의 대정령은 마녀 프란시스카의 성격을 잘 일고 있었다.

대륙 북방, 약육강식의 극치라고 하는 그 차가운 세계에서 한 번 손을 잡은 동료를 무엇보다도 소중히 여긴 희귀한 존재. 마음이 같은 동료만큼은 가족처럼 대했다.

따라서 자신의 아이를 버린다는 행위는.

마녀의 생각으로는 결단코 용납 못하며, 그것이 나라를 이끄는 자라는 것은——.

"하지만 희대의 마녀가 타국에 군림하는 왕의 방식에 토를 달다니…………. 따스한 남쪽에 와서 저 애도 생각이 조금은 바뀌었다는 걸까?"

"기사들을 벌레처럼, 참으로 좋지 못한 취미로군요."

"엘리노어. 그러니까 말했잖아. 적을 너무 얕보는 거 아니냐고."

자랑하는 검이 꺾여서 낭패한 모습을 보이는 기사국가의 여왕.

그 모습을 누가 예상할 수 있었을까? 그러나 그 정도로 이상 사태이기도 했다.

이미 기사국가의 여왕은 투기장 구석에 구축된 결계 안에서.

사랑하는 딸이 보고 있다는 것조차, 잊고 있었다.

"저 애가 이런 싸움 방식을 선택한 건, 네가 공들여 키워낸 기사들 따위 보잘것없는 존재라는 걸 보이기 위해서야."

"어둠의 대정령, 웃지 말고 말하세요! 저 여자의 약점은 없나요!"

"그건 협정 위반이야, 엘리노어. 나는 그저 방관자. 그렇지만 딱 한 가지만 가르쳐줄게. 네 패배는 확정됐어."

●

"할아범! 저건 뭐야! 상태가 이상한 정도가 아닌데!"

로코모코 선생님의 목소리에 내심 동의했다.

로열 나이트가 신음 소리를 내면서 쓰러진다. 그들 자신도 무슨 일이 일어났는지 이해 못하는 것 같았다. 결계 안에 있는 우리도 아무것도 안 했는데도 숨이 거칠어졌다.

로열 나이트가 뿜어낸 신전 마법. 저 불타오르는 불꽃, 불꽃의 열마저도 차단하는 결계.

그 건너편에서 무슨 일이 일어나고 있는 거지.

"로코모코! 결계를 흐트러뜨리지 말게……. 적어도 결계 안에 있으면 영향은 없을 게야.”

“가디언의 저 모습을 보라고! 로열 나이트가 족쇄가 되어 만족스럽게 싸울 수가 없어!”

결계 바깥에서는 누구도 예상 못했던 현실이 기다리고 있다.

로열 나이트가 완전히 무너진 것으로, 가디언이 응전을 시작했다.

그러나, 아군인 기사들의 존재가 족쇄가 되고 있었다.

“혹시…… 독?”

“카리나 공주님 말대로…… 아마도, 마녀가 싸우면서 독을 뿌린 거겠죠.”

“대단히…… 악랄하네.”

무표정으로 고개를 갸웃거리던 카리나 공주의 말은 적절했다.

낯빛은 아까보다는 꽤 나아져서, 냉정하게 싸움을 분석할 여유가 생긴 모양이다.

그리고 나도 카리나 공주와 마찬가지로 기사들이 괴로워하는 원인을 짐작했다.

요즘 들어서 쓸모가 없어졌던 애니메이션 지식 씨, 드디어 도움이 될 때가 왔소이다.

나는 저 상태가 된 로열 나이트의 구출 방법까지 알고 있었다.

“땅바닥에 부착된 독이 증발해서 공기에 녹아든 게 아닐까요?”

"……그렇구먼. 마녀가 물의 마법을 자주 쓴 이유는 그것 때문인가? 로코모코, 뭘 넋이 나간 표정을 짓고 있는가? 다시 말해서, 바깥에는 맹독의 공기가 범람하고 있다는 걸세."

"누, 누가 넋이 나갔다고 그래! 하지만 할아범! 가디언이 바람으로 날려버리고 있는데 괴로움이 나아질 기색도 없잖아!"

"수호검은 마법을 끊어낼 수 있지만, 자연 현상에는 무력해요. 선생님."

"윽, 데닝! 꽤나 냉정하구나. 네 말이 맞는다면, 그건 위험한 정도의 이야기가 아냐! 저놈들을 구해내야지!"

"한 가지 제안하고 싶은데요. 저라면 땅에 스며든 독을 정화시키고, 그들을 구할 수 있어요."

"안 된다네, 스로우 군."

"이대로 가면 가디언은 패배해요. 학원장님. 주저할 이유 따위 아무 데도 없어요. 절 결계 밖으로 내보내 주세요——."

그때, 예상 밖의 사태가 일어난다.

가디언을 공격하던 마녀의 마법이 갑자기 방향을 바꾼 것이다.

목표는—— 폐하. 불의를 찌른 일격은 상대하는 가디언도 미처 반응하지 못하는 속도로 폐하를 향해 날아갔지만, 충돌하기 직전에 갑자기 전개된 결계에 흡수됐다.

구사일생한 원인은—— 마왕의 목걸이 덕분이다.

폐하가 목에 걸고 있는 목걸이의 이름이며, 레크트라이클이

호신용으로 폐하에게 준 도구.

"지금 건 간담이 서늘했다⋯⋯."

"학원장님―― 이대로는, 위험한 정도가 아니에요."

가디언을 완전 공략한 것이 아닌데도 폐하에게 공격할 줄은 생각 못했다.

그렇지만, 이제 그 정도까지―― 가디언이 몰려 있다는 것이다.

우리가 너무나 뜻밖의 사태에 굳어 있는데――.

"⋯⋯하하⋯⋯ 우스워라⋯⋯."

얼어붙은 우리와 대조적인 목소리.

목소리의 주인은, 드디어 자기 힘으로 일어선 카리나 공주였다.

"카리나 공주님―― 무엇이 우스우신지?"

"우습잖아요⋯⋯ 그야⋯⋯."

아직, 지끈지끈 아픈 거겠지.

머리를 누르면서, 카리나 공주는 키득키득 웃었다.

누구보다도 빨리 기사들의 이상을 눈치채고, 진지한 기색으로 뭔가 생각에 잠겨 있던 공주님.

대체 뭐가 우스운지 나는 알 수 없었다.

적어도 지금 이 상황에서 웃을 수 있는 요소 같은 건 하나도 없다.

"그야, 어머님의 저런 짜증 난 표정, 나 처음 봤으니까⋯⋯."

확실한 목소리로 기사국가의 차기 여왕이 강하게 말했다.

"강하게 보이려고 필사적이었는데, 마지막에는 저 꼴이야."

어쩐지 안타까운 모습으로, 로코모코 선생님은 카리나 공주에게서 고개를 돌렸다.

전직 왕실기사로서 폐하와 카리나 공주 곁에 계속 있었던 선생님은 두 사람의 뒤틀린 관계를 알고 있는 거겠지.

"약한 주제에, 강하게 있으려고 해서 저렇게 궁지에 몰리다니, 웃기잖아."

가디언의 패배는 폐하의 패배로 직결된다.

그런데도 카리나 공주는 흥미 하나 없어 보였다.

"다들 추앙하는 어머님은 지금까지 저랬어…… 스로우 군에게는 전에도 얘기했었지? 학원 학생이 몰려들어 사인을 해 달라고 했던 그 책은 거짓말투성이라고."

"네. 이유까지는 듣지 못했지만요."

"어머님은 비호를 버리고, 바깥 세계에서 배우고, 무서워진 거야. 국경에서 한 걸음 나선 바깥에서 어머님은 계속 빼앗겼으니까——."

"……카리나 공주님. 지금은 그런 이야기를 할 때가."

그렇지만 카리나 공주의 시선 끝은 움직이지 않는다.

대륙을 횡단한 두 사람의 모습이 계속 비친다.

"저 두 사람은 자신을 지키기 위해서, 이제 빼앗기지 않기 위해서 이 다리스를 남방에서 가장 강대한 나라로 만들고자 했어. 기사국가는 강해야 한다고 계속 생각했어. 그 책에 적혀 있는 내용이 거짓말투성이라고 말한 건 그런 거야. 그래서—— 열 받았어. 나한테는 강해지라고 계속 말하면서, 절대로 내가 위험한 일을 못하게 하니까……."

이 전투는 폐하가 바란 미래의 최종장.

이 난국을 헤쳐 나가면, 다리스는 명실상부하게 남방의 패자가 될 거다.

"누구보다도 겁쟁이면서…… 분수를 넘어선 꿈 같은 걸 가져서…… 이 나라를 남방에서 제일가는 나라로 만들려고 노력해서…… 마지막의 마지막에 이런 결말. 웃기잖아……."

그러나 카리나 공주가 자기 뒤를 이을 여왕이 될 때를 생각해서.

대륙 남방에서 다리스의 위치를 반석에 올리기 위해, 폐하는 가디언을 온존했다.

그 결과가 이 꼴이다.

관객석에 있던 폐하는 어느샌가 일어서서 어둠의 대정령과 뭔가 말다툼을 하고 있었다.

거기에는 여유 따위 전혀 없었다.

그, 대륙 횡단을 실시한 사람과 동일인물이라는 생각이 안 들었다.

"모로조프. 결계를 풀어 주겠어?"

"안 됩니다. 저희는 폐하께, 전하를 무조건 수호하라고 명령 받았습니다."

"그런 거야, 공주 전하. 우리는 무슨 일이 있어도 이 결계를 계속 유지한다. 아무리 공주 전하의 말이라도, 그건 못 들어줘."

지금도 결계 밖에는 괴로워하는 기사가 잔뜩 있다.

마녀의 공격은 폐하에게 닿고, 가디언까지도 열세로 괴로워하고 있다.

카리나 공주는 저쪽에 쓰러져 있는 기사들을 똑바로 보았다.

"스로우 군. 너한테 부탁할 일이 아닌 건 알고 있어──."

반복해서 이번에는 나를 보았다.

흔들림 없이, 그저 똑바로.

그러면 나도, 정면으로 그녀의 마음에 응답하자.

"뭔가요? 카리나 공주님."

"……나는 말야, 우스워."

서로 다가가지 못하는 두 사람이 있었다.

오기를 부려서 꼼짝하지 못하게 된 자가 있었다.

두 사람의 마찰을 알면서도, 철저하게 바라보며 움직이지 못하는 자들이 있었다.

"어머님을 싫어하는데……."

결국 마지막까지 폐하는 변하지 않을 거다.

계속 강하게 있기 위해서라면, 모녀의 인연 따위 부서져도 상관없다.

그것이 이 기사국가의 여왕, 엘리노어 다리스의 방식이고.

　폐하의 딸인 카리나 공주는 어머니의 허세를 누구보다도 알고 있었다.

　"싫어하는데…… 지금은, 저런 모습을 보기 싫다고 생각해."

　그래서 손을 뻗는 사람은, 이 소녀^{카리나} 말고는 없다.

　"내가 제일 알고 있어. 어머님이, 이 나라를 위해서…… 얼마나 노력했는지…… 이 싸움에 지면 어머님은 재기할 수 없어…… 하지만 그것뿐이 아니야……."

　기사들만이 아니라 우리도 확신하고 있었다.

　성역을 지나 개인실에 들어간 그때.

　학원에서 인기인인 어머니를 거짓말투성이라고 단정한 카리나 공주의 말에는.

　어쩐지 자랑하는 음색이 느껴졌으니까.

　"난 말야── 어머님이 진다는 게…… 정말…… 싫어……."

　그리고 이 분한 표정이 거짓말일 리가 없으니까.

　"그러니까 부탁해…… 만약, 스로우 군이 할 수 있다면……."

　밤하늘을 올려다보면서, 심호흡을 한 번.

　정면으로, 그녀의 마음을 받아내자.

　"기사들을 구해주면 좋겠어──."
　　^{다시 한 번, 그 날의 기적을}

　"네── 맡겨주세요."
　　^{예스 유 어 하이니스}

크게, 크게 고개를 끄덕이고, 지팡이를 결계에 겨누었다.

내 역할은, 지금도 공격을 막아내고 있는 레크트라이클 특제 결계를 부수고 그들을 구하는 것.

"학원장님, 일시적으로 결계를 파괴하겠지만, 곧바로 다시 치면 문제는 없을 겁니다."

지침이 정해졌으면, 그다음은 신속하게 행동하면 된다.

"……너도 말을 못 알아먹는 녀석이구나, 데닝! 바깥에 있는 건 로열 나이츠가 패배한 상대야! 목숨이 몇 개 있어도 부족하다! 그리고 너는 이 결계를 부술 수 없어!"

뭘 모르시네.

전혀 모르신다니까요.

로코모코 선생님도 전직 로열 나이트라면 알 텐데.

폐하를 걱정하는 카리나 공주, 화해할 기색이 보이잖아요?

"나는 교사로서, 너를 그런 위험한 장소에 보낼 수는 없다!"

"──아니, 로코모코. 이것은 막아선 안 된다."

"뭐, 할아범! 무슨 말이야!"

"문제는 스로우 군이 할 수 있는지, 없는지네만……."

학원장님은 이해해 주었다.

카리나 공주가 폐하를 염려하는 것.

그것이 두 사람의 싸늘한 관계에 얼마나 의미를 가지는지──.

"스로우 군. 자네도 대성당에서 순식간에 전이시킨 레크트라이클의 역량은 봤겠지? 이 결계 밖으로 나가려면 힘으로 밀

어붙이는 수밖에 없네만…… 할 수 있겠는가?"

그리고 결계를 부술 수 있냐고?

부술 수 있느냐가 아니다. 부수는 거다.

팔을 결계 안으로 내밀었다. 로코모코 선생님이 놀란 목소리를 냈지만 무시하기로 했다.

오오, 역시 빛의 대정령 씨가 직접 만든 거라 그런지 구성이 상당히 깔끔하다.

"학원장님. 이 결계를 부술 수 있느냐고 묻는다면, 대답은 네^{예스} 말고 있을 수 없어요."

"자신만만한 이유를, 가르쳐 주겠는가?"

지금 저기서 잠든 그녀에게.

샬롯에게 좋아한다고, 전했다.

그런데, 그런데 말이다.

저놈들 탓에 나는 여운에 잠길 수가 없다.

그리고—— 고백에 이르기까지 고생한 거랑 비교하면.

"이 정도는, 난관 축에 끼지도 않아——."

●

땅에 쓰러진 로열 나이트들이 구조 대상이냐고 돌프루이에게 묻는다면.

"가디언씩이나 되는 사내가 명령을 어기다니 예상 밖이군요.

어떤 심경의 변화인가요?"

 ──그렇지 않았다.

 왜냐하면 그들 한 명 한 명이 자립한 힘을 가진 전사. 그들 자신도 작전의 실패와 함께 구조되는 미래를 바라지 않는다는 건 다 알고 있었다.

 그런데.

 그런 그들을 구하기 위해서, 마녀를 타도해야 할 수호검을 휘두르고 있었다.

 "닥쳐라!"

 "알고 있을 겁니다. 당신, 이대로는 죽는데요?"

 "──닥치라고 했다!"

 드디어 가디언이 잘못 판단했음을 인정했다.

 이것은 이제 로열 나이츠의 패배라고 평가해도 지장이 없다.

 더욱이 냉정한 사고로 몇 번이나 분석해 봐도, 쓰러지는 기사를 지키면서 싸우면 패배는 필연.

 그러나 그들을 희생한다는 선택지는 없는 것이다.

 그런 짓을 하면 그의 주인인 엘리노어가── 또 슬퍼하니까.

 그녀가 왕궁에서 잃은 자를 생각하며, 얼마나 괴로워했는지.

 "로열 나이트를 지키면서는 저를 쓰러뜨릴 수 없어요──."

 "큭."

 인챈트 소드에 깃든 월광의 힘을 해방하면 승기가 있다.

 그러나── 할 수 없다.

이러한 자리에서 수호검의 힘을 해방하면 동료가 희생된다.

일격을 뽑어내면, 마녀는 주저 없이 결계를 이용한다.

되돌아온 힘의 여파는 아직 일어서지 못하는 로열 나이트들을 죽음으로 이끌 것이다.

"루돌프! 뭘 주저하고 있나요!"

"여전히 저 여자의 목소리는 신경을 거스르네요. 동료를 희생해서 얻는 승리 따위, 무슨 의미가 있을까요? 그렇지만 다행이에요. 월하의 가디언. 당신은 저 여사랑 나르게 제대로 된 마음을 가지고 있었군요."

"……엘리노어의 마음을 너 따위가 알 리 없지."

대륙 횡단을 통해 두 사람은 알았다.

보호받고 있던 세계의 바깥쪽에서, 무슨 일이 일어나는지.

약육강식의 세계에서 살아가려면 강해져야 하고, 힘을 유지해야 했다.

"돌프루이 경! 우리는 상관하지 말고 힘을 해방하세요!"

"나는 당신과 사투를 벌이길 기대하고 있었는데 유감이에요. 그 여자가 가진 힘의 상징을 쓰러뜨려야, 나는 진정으로 엘리노어 다리스를 넘어섰다고 할 수 있는데요."

돌프루이는 숨을 가다듬었다.

로열 나이트는 죽음에 다가가며, 지금 상황은 압도적으로 불리했다.

1초의 지연이 로열 나이트를 무덤으로 보낸다. 그렇다면 최선은 뭐지?

"돌프루이. 당신의 몸에서 죽음의 냄새가 나고 있어요. 설마 가디언씩이나 되는 사내가 죽음에 대해 생각하고 있다니 놀랐어요."

1초도 들이지 않고 공중에 떠오른 천에 이르는 마법을 섬멸하면서.

마음에 떠올리는 것은, 셀 수도 없는 후회다.

엘리노어, 미안해.

나는 여기서, 끝이겠지.

2천을 넘는 얼음 창에 둘러싸였을 때—— 가디언은 저항할 수 없는 패배를 깨닫고.

"아쉬워요. 진짜 힘을 해방한 당신을 보고 싶었는데. 그렇게 생각하는 건 승자의 특권일까요? 슈발리에."

카리나 공주가 즉위하는 미래를 위해서 로열 나이트는 필수.

그리고 크루슈 마법학원에서 기사 후보를 몇 명이나 볼 수 있었다.

그렇지만—— 너와 카리나 공주 두 사람. 하다못해 너희가 서로 이해하는 미래를 보고 싶었어.

"……엘리노어, 너랑 만나서 나는."

행복했다, 고.

얼음 같은 표정을 지우고, 최강의 기사는 과거의 나날을 돌아보았다.

"——이런 나를, 선택해 줘서…… 고마워."

누구에게도 들리지 않는 속삭임과 함께 돌프루이는 떠올렸다.

이 땅으로 오기 전에 어둠의 대정령과 나눈 약속을 떠올렸다.

아무도 모른다. 어둠의 대정령이 비밀리에 가디언에게 접촉했었다는 것 따위.

만일을 위해서라고 생각하면, 가디언은 적에게 고개를 숙이는 것을 주저하지 않았다.

"어둠의 대정령! 내 패배를 인정하마!"

이렇게 루돌프 돌프루이는 결단했다.

엘리노어와 카리나를 위해서—— 평생의 충성을 파기하고, 어둠의 대정령에게 도움을 청한다.

그의 힘을 아는 자가 보면 놀라 쓰러질 것이다.

그 가디언 돌프루이 루돌프가.

레크트라이클로부터 슈발리에라고 불린 사내가, 누군가에게 매달리다니.

이것은 꿈인가 하며 볼을 꼬집을 것이 틀림없다.

"수호검과 내 힘은 약속한 대로 너에게 주겠다! 대신 네 힘을 내놔라!"

그러나 매달리는 상대를 아는 자가 있다면 납득할 것이다.

어둠의 대정령이란 그런 존재다.

사람의 약점을 읽어 자신이 바라는 미래를 손에 넣는 악마다.

"이 자리에 있는 기사들을── 지켜다오!"

빛의 수호검 수집을 호시탐탐 노리고 있던 어둠의 대정령은 드디어 때가 왔다고.

특등석에서 일어섰다가── 굳어 버렸다.

"──저게 뭐야."

어둠의 대정령은 깨닫지 못했다.

가디언의 열세를 이해하고, 이제 곧 손에 들어올 보물만 생각하고 있었으니까.

수호검을 얻으면 사흘 밤낮으로 소굴에 틀어박혀 레크트라이클의 힘을 분해해 줘야지.

그때 그 녀석이 어떤 표정을 지을까? 이것저것 생각하던 것이 원인 중 하나지만, 근본은 다르다.

자기 말고 이 싸움에 참견할 수 있는 힘을 가진 자가 있을 거라고 생각하지 못했으니까.

"수호검을 노린 거군. 어둠의 대정령 씨, 그럴 거라고 생각했어."

그래서── 어둠의 대정령의 눈길은 지금.

"나대지 마. 이건 아직── 인간들의 싸움이야."

투기장의 중심에서 다투는 그들을 넘어서, 반대쪽 관객석에 있는 그에게 못 박혀 있었다.

타이밍을 재서 힘을 계속 모으던 제3자는, 때가 왔다는 듯 지팡이를 휘둘렀다.

높이높이, 하늘에 숨어 있던 황금의 입체 마법진이 전개됐다.

"하늘을 떨군다."

그것은 성스러운 정화의 힘.

대지에 스며든 독을 조준해 소형 태풍이 출현했다.

그 마법은 바람의 신동이라 불린, 한 소년의 대명사.

갑작스럽게 일어난 폭풍 속에서 가디언은 검을 대지에 박고 버렸다.

투기장을 뒤흔드는 충격. 그 힘은 마녀조차도 몸을 지켜야 할 힘의 격류였다.

"돌프루이 경. 처음으로 당신의 인간다운 표정을 본 것 같아요."

시야가 가로막힌 바람 속에서, 가디언은 곁으로 다가온 누군가를 이해했다.

"이걸로 로열 나이트를 좀먹고 있던 원흉은 모두 제거했어요. 기사들의 부상은 수호검의 힘으로 치료해 주세요. 당신이라면 할 수 있죠."

"……빚을 졌군."

그리고 바람 속에서 나타난 사람의 모습은, 가디언보다 조금 키가 작은 누군가.

마녀의 경계는 최고조였다.

그의 마법으로 로열 나이트를 좀먹는 독이 완전히 제거되었을 뿐 아니라.

그자는 레크트라이클이 구축에 관여한 결계를 소멸시키고 이 자리에 나타난 거니까.

"어째서, 나온 거죠? 그 자리에 있으면 적어도 안전은⋯⋯."

"너한테 말해도 모르겠지만, 꿈의 저편을 보고 싶어. 그러니까──."

도스톨 제국 삼총사.

북방의 마녀조차도 파괴는 불가능하다고 판단한 철벽의 수호를.

"두 번째 대결을 해보자고, 닥터 힐──."

●

엘리노어 다리스는 이해를 포기하고 멍하니 그것을 보고 있었다.

아니.

지금 일어난 사태를 정확하게 파악한 자 따위, 이 자리에 한 명도 없을 거란 생각마저 들었다.

가디언의 마법으로 일어설 기력을 되찾은 기사들도 믿을 수 없었다.

기사국가가 자랑하는 역전의 용사들도 엘리노어 다리스와 똑같이 아직도 눈을 의심하고 있었다. 오히려 여왕 폐하보다도 거리가 가까운 만큼, 그가 얼마나 상식을 벗어난 짓을 하고 있는지 깨달았다.

"엘리노어. 꽤 놀란 모양인데, 뭐가 그렇게 안 믿겨?"

"저자가 저렇게 강하다니……."

고작해야 학생이 로열 나이츠를 농락한 마법사를 압도하고 있었다.

제국의 마녀가 뿜어낸 마법은 일격이라도 피탄되면 즉사를 내리는 죽음의 저주다. 일격이라도 치명상이 될 수 있는 그것을 일개 학생이 완전히 막아내고, 하물며 반격을 하고 있다니.

지금까지 로열 나이트와 가디언을 상대로 계속 주도권을 쥐고 있던 제국의 마녀.

그러나 지금은 완전할 정도로 마녀가 방어전을 하고 있었다.

"프란을 상대로 순수한 마법전을 거는 녀석은 북쪽에도 손에 꼽을 정도밖에 없어."

삼총사 중 한 명인 마녀를 상대하면서 접근전으로 도전하는 로열 나이트의 싸움은 지극히 올바르다.

중장거리 마법을 극한까지 이룬 마녀를 상대하면서, 마녀가 특기인 분야로 싸우는 것은 어리석음의 절정. 그러나 지금, 정면으로 마녀에게 도전하는 자가 있었다.

어둠의 대정령이 생각하기에 기사국가에서 마녀와 정면으

로 맞설 수 있는 인간은 가디언 단 한 명이었을 것이다. 그러나 지금. 눈앞에서 학생이 그 힘에 절대적인 자신을 가지는 부하 한 명과 대등하게, 아니 대등함 이상으로 맞서고 있었다.

"내가 듣기로는…… 데닝은 마녀에게 한 번 패배했어요. 힘도 루돌프보다 훨씬 아래라고 레크트라이클이 말했어요. 지팡이가 필요 없는 마법사라 해도, 저건 이상해요———."

"아무것도 이상한 거 없어. 엘리노어. 생각해 봐. 네가 가진 최강의 기사도 저렇게 강해졌잖아?"

기사와 함께 여행을 한 나날의 기억을 떠올렸다.

분명히 루돌프는 평범한 남자였다.

로열 나이트가 된 것이 기적이란 말을 듣고, 한심스러운 그를 근본부터 다시 단련하기 위해서, 그리고 바깥 세계를 알기 위해서 엘리노어는 자신의 목숨을 굳이 위험에 노출시켰다.

이길 리 없는 인간에게, 몬스터에게.

기사와 단둘이서, 자신들을 계속 절체절명의 상황으로 내몰아 강해졌다는 자각이 있었다.

"하지만 위험했네. 가디언이 너에 대한 충성을 배신하고 레크트라이클의 가호를 잃기 직전의 순간이었으니까. 저 애한테 감사하도록 해, 엘리노어. 네 기사는 최강에서 굴러떨어지기 하기 직전…… 내 말 안 듣네. 뭐, 마음은 알겠어. 마법사로서 저런 걸 보면……."

엘리노어의 눈동자는 단 한순간도 두 사람의 투쟁에서 벗어나지 않았다.

한 명의 마법사로서 지금이 얼마나 귀중한 때일까? 어느샌가 안전한 싸움밖에 하지 못하게 된 엘리노어 다리스의 목숨이 오랜만에 위기에 빠졌다.

어쩌면 자신은 싸우는 방식을 잊어버렸을지도 모르겠다. 그의 전투는 스스로가 부끄러워질 정도로 너무나도 우직해서, 엘리노어의 심금을 울렸다.

"본래 정령에게 사랑받기 쉬운 체질이었지만, 저건 예상 이상이야. 저 프란을 상대로 진다는 생각을 요만큼도 안 하는 표정을 짓다니…… 정말로 대단한데."

어둠의 대정령에게는 정령의 축복이 보인다.

스로우 데닝이 뭔가를 달성했을 것이다.

상식적으로는 불가능한 일을 해냈다.

정령밖에 모르는, 성취할 수 없는 미래를 뒤집은 것이다.

"……자랑스러워하도록 해. 저 정도의 남자가 싸움에 개입을 망설이고 있거든?"

어둠의 대정령에게는 로열 나이트의 구호를 완수한 가디언의 모습이 시야 구석에 보였다.

분한 기색으로 표정을 일그러뜨리며. 그래도 가디언은 움직이지 않았다.

"──훌륭해."

●

"꿀꿀꾸후훌."

"기분 나쁜 소리로 웃으면서 이런 마법을 뿜어내지 말아요!"

마녀는 진심으로 기분 나쁘다는 얼굴이었다.

그러나 나는 지금 마음속 깊이 감탄의 눈물을 흘리고 있었다.

어둠의 대정령에게 영혼을 팔아넘기기 전에, 가디언이 작은 소리로 중얼거린 말.

나한테만 들렸겠지만, 그건 역시 그런 거잖아!

"연속해서 싸우는 것만 아니었다면!"

"가르쳐 줄게! 그런 걸, 변명이라고 하는 거야!"

나만 그런 게 아니었다.

나만 그런 게 아니었다.

그 가디언도 나랑 완전히 같은 존재였던 거다.

이 나라에서 최강이라고 불리는 기사는, 인생의 대선배였다.

울어야지! 울 수 있어. 나는 그 사람의 속내를 손에 잡힐 듯이 알 수 있었다.

충성을 맹세하고 계속 함께 지내는 상대. 여왕 폐하를 상대로 보답받지 못하는 사랑.

그 무시무시한 폐하에게 어째서 연심을? 이런 생각도 들지만, 사람은 다들 취향이 있다.

　그런 선배가 마지막의 마지막에 마음을 밝힌 것이다.

　"그만큼의 힘이 있으면서 이름도 퍼지지 않았다니!"

　"이름이라면 퍼졌어, 돼지 공작이라고! 아아, 아닌가! 요즘은 사이클롭스라고 불리지! 나는 늘 과한 면이, 있으니까!"

　돌프루이 선배에게는 미안하지만, 나는 인생 최고의 기분이었다.

　무섭단 말야. 자기 마음을 전하는 건.

　일방통행일지도 모르니까.

　마법처럼 알기 쉬우면 좋을 것 같지만, 그것은 어쩔 수가 없다.

　"최고의 기분이라서——질 생각이 안 든단 말이지!"

　욕심을 부리자면, 고백은 내가 먼저 하고 싶었지만 말야.

　왜냐면, 얼른 끝나면 끝날수록 시시덕거릴 수 있잖아?

　"스로우 데닝! 당신에 관해서는, 조사했어요!"

　"헤에, 나를 조사해 보니까 어땠어? 부디 위대한 마법사의 입으로 가르쳐 주시지!"

　하늘에서 전기의 맹격이 다가온다.

　비처럼 쉴 틈 없는 벼락이, 나를 비껴간 공격이 대지를 파헤친다.

　그렇지만 무섭지 않다. 죽음의 문턱에 서 있다는 실감이 있다. 조금이라도 대응을 잘못하면 죽는다는 자각도 있다. 조금이라도 판단을 틀리면 시야는 어둠에 가라앉을 것이다.

하지만 유감. 승리의 방정식은 이미 계산이 끝났다.

다이어트의 성과가 이제 와서 나타난다── 사고를 계속하기 위한 체력은 남아돈다.

"참 지독하더군요! 집안과 재능에 어리광을 피우는, 얼빠진 꼬맹이!"

"그렇겠지! 부정은 안 해! 할 수 있을 리 없으니까!"

몸이 덜컥 무거워진다.

검은 안개로 휩싸인 마녀의 왼팔.

그걸 휘둘러서 어둠의 마법을 발동했군. 불쾌한 추억이 머리에 떠오른다.

모든 것을 잃는 미래. 의식이 애매해진다. 누군가가 외치는 소리가 들렸다.

얼마 전의 나였다면 쫄아서 다리가 멈췄을지도 모르지만 괜찮다.

저 녀석이 보여주는 과거는 모두 극복했다. 그런 것은 아무런 장애도 안 된다.

그 과거가 없으면, 지금의 나는 없다.

그 과거가 없으면, 꼴사나움을 받아들일 수 없었다.

그 과거가 없으면, 좋아한다고 전하는 것조차 못했다.

"──그럴 수가."

과거의 추억을 떠올리고 있는데, 어느샌가 소나기 같은 공격이 멎어 있었다.

무심코 발을 멈추자, 제국의 마녀가 멍한 표정으로 내 후방을 바라보고 있었다.

"……이런 건 반칙이에요."

그렇지만 마녀가 느낀 위화감을 금세 깨달았다.

나는 전방의 마녀만 보고 있었으니, 그쪽에서 무슨 일이 일어났는지는 모르지만.

하늘이 이상하게 밝고, 말을 잃은 마녀도 위를 보고 있었다.

이제 답을 확인할 필요도 없다.

이건 전조—— 전력의 수호기사가 온다.

"프란시스카, 패배를 인정해. 이대로 가면 너는."

"——감사한다, 스로우 데닝. 기사들의 이탈이 완료됐다."

이렇게 짧은 시간 동안에 기사들을 치료하고 전선에 복귀하다니 완전히 상상 이상이다.

하지만 이것이 기사국가 최강이자, 애니메이션에서 엘드레드도 적대하기를 피한 남자의 실력.

이 밤하늘을 채색하는 달빛은 다름 아니라 돌프루이 경이 본실력을 발휘한 것이다.

"여기서부터는, 내가 하지."

"돌프루이 경! 이미 저 녀석에게 싸울 뜻은——."

"유예는 3초, 그 전에 물러나라."

그렇지만 나는 전방에서 힘이 빠진 마녀의 모습을 보고, 입술을 강하게 깨물었다.

"3."

그 뒤는 슬로우 모션의 세계였다.

마녀는 말을 잃은 듯, 삶을 포기한 표정.

이제 로열 나이츠를 압도하던 기개는 어디에도 안 보이고──.

"2."

돌프루이 경, 이건 생각을 고치는 편이 좋을지도 몰라.

이 녀석은 당신의 전력을 보고서, 이미 패배를 인정했다고.

그렇다면, 싸움은 여기서 끝내야 한다.

마녀가 온건하게 제국으로 돌아가지 않으면, 이 녀석의 신자

들이──.

"1."

마녀와 마주 보았다.

그러자 그 녀석은 고개를 옆으로 저었다.

아니, 안 된다. 분명히 너는 적이야. 명확한 적이다.

"흔들리는──."

그렇지만, 너를 죽여도── 새로운 싸움이 시작돼 버리니까.

"──────으."

솔직히, 거기서부터는 잘 기억이 안 난다.

왜냐면, 시야가 새하얗게 변하고 뭐가 뭔지 알 수 없었으니까.

하지만 나는 무아지경으로 가디언의 힘을 받아 흘리는 데 애

를 쓰고 있었다.

기억하고 있는 것은 아무것도 없으며, 확정된 사실은 그것뿐이다.

그렇지만 나는 자신을 칭찬해 주고 싶었다.

하늘 끝에 닿는다고 불리는 슈발리에의 전력을 받아 흘렸으니까.

덕분에 투기장의 관객석 일부가 붕괴. 관객석이 있던 장소는 땅바닥이 파이고 숲의 저편까지 땅이 날아가 버렸다.

"스로우 데닝…… 네 녀석, 속셈이 뭐냐!"

빛나는 수호검을 쥔 돌프루이 경의 등 뒤에는 수십 명의 로열 나이트가 보였다.

그곳에는 달튼 경이나 슈야의 스승도 있었다.

다들 공통된 것은 온몸이 너덜너덜하지만 아직 전의가 흘러넘친다는 점.

"승부는 났어요. 이제 이 녀석에게 전의는 없습니다……."

내 뒤에서 다리에 힘이 풀린 마녀는 한심하게 양손을 올렸다.

항복 표명이다. 가디언의 전력을 보고 패배를 깨달았군.

로열 나이트들과 싸운 것에 이어 가디언과 싸웠다. 그리고 힘이 철철 넘치는 나를 상대하고 마녀는 이미 만신창이다. 기력만으로 싸우고 있었다고 해도 될 정도다.

"몸을 던져서 적을 지키다니 제정신인가? 설마, 조종당하고 있는 건가——."

"조종당하지는 않지만…… 이 상황에서 믿어 주길 바라는 건…… 포기하는 수밖에 없겠네요."

내가 마녀를 지키다니, 누구 하나 꿈에도 생각 못했을 거다.

뒤에 있는 마녀조차도 깜짝 놀란 느낌이 전해지니까.

그렇지만, 누구보다도 놀란 것은 나란 말이지.

"우리는 네가 마녀에게 조종당하고 있는지 아닌지 행동으로밖에 판단할 수 없다. 스로우 데닝. 너에게는 평생 갚을 수 없는 빚이 생긴 것이 사실이지만, 지금 당장 그 자리에서 물러나지 않으면, 베겠다."

"저도 신기해요. 어째서 이런 녀석을 지켜 버린 건지…….
그렇지만, 이 녀석을 죽이면 안 좋은 미래가 보인단 말이죠."

이 녀석이 살해당한 미래를 상상하고, 그건 안 된다고 생각한 나머지 자연스럽게 몸이 움직여 버렸다. 구체적으로는 십만을 넘어서는 마녀의 신자가 증오를 불태운다.

세계 최고의 치유사 프란시스카가 치유한 자는 북방의 노예부터 일국의 왕까지 헤아릴 수도 없다.

이 녀석을 위해서라면 목숨을 바쳐도 상관없다고 생각하는 자가 이 세계에는 너무나 많다.

위험하기 짝이 없는 신도의 증오가 다리스를 향하는 것은 피하고 싶었다.

하지만 이 모습을 보아하니—— 로열 나이트들은 천재일우의 기회인 지금을 놓치지 않을 것 같다.

……머리를 굴려봤지만 어떻게 발버둥 쳐도 마녀를 구할 길

은 없다———.

"스톱."

그렇게 생각했지만, 나는 잊고 있었다.

이 자리에 존재하는 최강의 존재는, 가디언 돌프루이 경이 아니라는 것을.

또다시 찾아온 긴박한 분위기. 대정령 씨가 천천히 걸으면서 이쪽을 향해 다가왔다.

하늘하늘 옷자락을 흔들면서 우리 사이에 끼어든 그녀가 커다란 한숨을 흘렸다.

"정말로 너한테는 놀란다니까……."

어둠의 대정령 씨는 나를 보면서 그렇게 말하고 입가를 풀었다.

돌프루이 경도 역시 그녀는 경계하는 건지, 굳어졌다.

"너희가 프란을 용서 못하는 건 이해해. 백 번 죽여도 풀리지 않는 원한을 품고 있는 건 알고 있어. 하지만, 저래 보여도 북방에서는 중요한 인간이란 말이지. 따르는 녀석들도 많고, 죽이면 수많은 신자가 가만 안 있어. 나로서도 잃기 싫은 패고."

"어둠의 대정령. 네 생각 따위 흥미가 없다. 이것은 우리와 그 여자의 싸움. 그 여자를 치지 않으면 왕궁에서 스러진 영혼이 무의미한 것이 되어 버린다. 자비를 내릴 리가 없지 않나."

"어머나…… 한때는 나한테 매달렸는데 꽤 강하게 나오네."

수호검은 여전히 예리한 은빛을 뿜고 있었다.

광기를 품은 로열 나이트들의 시선이 칼날처럼 날카로워진다.

그러나, 이런 분위기 안에서도.

어둠의 대정령은 맑은 눈빛을 바꾸지 않는다.

어디까지나 여유가 있는 이유는, 기사국가의 최강 멤버가 모여 있는 이 자리에서도——.

——자기 힘에 절대적인 자신이 있기 때문이겠지.

"……하아. 어중간하게 말해 봤자 물러서질 않겠네."

가디언이 가진 검의 끝이 하늘에 떠오른 초승달의 빛을 반사한다.

기사국가의 국보를 가진 이 사람이 전력을 다하면, 마녀의 자신감도 부숴 버린 이 사람이 전력이 되면, 나 같은 건 저항할 수도 없을 거다.

이제 와서 나는 무슨 짓을 저지른 건가 싶었다.

내 목이 검격 한 번에 날아가는 미래를 보고서 등줄기가 오싹했다.

가디언은 여왕의 안위만 걱정한다.

마녀를 가급적 신속하게 말살하고 싶을 거다.

그렇지만 어둠의 대정령은 조바심도 안 내고.

"하지만 가디언. 네 약점은 다 알고 있어……. 그렇지? 엘리노어."

로열 나이트들 사이에서, 어느샌가 모습을 드러낸 우리 여왕님을 향해.

"이 위험한 녀석을 좀 치워 줘. 대신——."

또 하나의 세계관 『슈야 마리오넷』에서.

슈야와 알리시아마저도 달성하지 못했던, 남방의 비원^꿈을.

"대륙통일의 꿈을 영구히 버리겠어. 이걸로, 불만 없겠지?"

도스톨 제국의 빅 보스가, 마치 승자 같은 태도로 말한 것이다.

종장 꿈의 저편

승부에 지고서 시합에 이겼다.

숲속에 건조된 투기장에서.

그날 일어난 전투는 이렇게 종합하면 되겠지.

"──이제 완전히 가을이네."

나뭇잎이 산들산들 흔들렸다.

산들바람마저도 느껴지는 조용한 시간 속을 말없이 걸었다.

하늘은 맑게 개고, 구름 한 점 없는 하늘 한가운데에서 태양이 밝게 빛나고 있었다.

"그런데, 정령이 성역 안을 안내해 주다니. 바람의 대정령 씨는 이렇게는 못하겠지."

나는 지금 정령의 안내를 받아 숲속에 만들어진 성역을 걷고 있었다.

그건 그렇고…… 하아. 대체 얼마나 폐인 기질인 거지. 이 나라의 높으신 분은 말야.

나랑 얘기하고 싶다는 사람이 이 앞에 있다고 한다.

카리나 공주가 기도 의식을 마치고(일단 그렇게 됐다).

폐하나 로열 나이트가 왕도로 돌아간 후. 나는 내 옆에 나타난, 사람의 말을 하는 신비로운 빛의 정령들에게 이끌린 것이다.

이 앞은 이미 익숙한 내 트레이닝 존으로 이어져 있다.

사실은 중간까지 바람의 대정령 씨도 말하는 정령이 희한하단 기색으로 따라왔었는데, 이 앞에서 기다리는 누군가를 깨닫고서 "……샬롯을 지키러 가겠다냥." 이라고 하더니 어디로 가 버렸다. 정말로 박정한 놈이야.

"──오. 기다리고 있었어."

거듭해서 쌓여 있는 토관의 가장 위에 앉아 있었다.

마치 이 장소는 내 특등석이거든? 이라는 것처럼.

그렇지만, 그것이 당연하게 느껴지는, 신비로운 분위기를 가진 소년이었다.

"……너는 놀라지 않는구나."

"이것이, 대낮에 보는 환상이라는 걸 아니까요."

"시시해라. 내 정체를 간파하고서 환상이라는 것도 알고 있어. 환상이라고 해도 나랑 대면하고서 긴장하지 않는 자는 몇 명 없는데 말야."

상상한 그대로── 레크트라이클, 그자가 거기 있었다.

투명감이 있는 아이다. 곱게 자란 귀족 도련님 느낌이 나긴 하는데, 저 미소에 속으면 안 된다.

알맹이는 다른 대정령 씨랑 같은 괴물이니까.

"공작가 비장의 아이. 뭔가 이상한 생각을 하고 있구나. 적어도 나는 나나트리쥬보다는 낫다는 자각이 있어. 그렇네. 너를 꽤 따르는 그 녀석보다도 훨씬 말이 통하지 않을까? 정말로, 바람의 대정령을 길들이다니 굉장하네."

"……레크트라이클 님이, 나한테 무슨 용건인가요?"

"무슨 용건이긴…… 너라면 내가 부른 이유를 알고 있지 않아?"

"상상이야 얼마든지 할 수 있죠. 그렇지만 말로 듣지 않으면 알 수 없어요."

"그것도 그렇네. 그러면 바라는 대로 본론에 들어가자."

뭐가 목적이지?

이 녀석이 사람들 앞에 나서는 일은 거의 없다.

공작가의 직계인 나도 애니메이션을 제외하면 이렇게 모습을 보는 건 처음이었다.

"일단 너에게는 감사를 해야지."

"감사, 말인가요?"

"그래. 그 어둠의 대정령한테서 싸우지 않겠다는 말을 끌어냈어. 이게 얼마나 굉장한 일인지 너는 알고 있을까? 아마 모를 거야. 백 년도 살지 못하는 너희는."

"……."

"마녀를 생포해서 어둠의 대정령과 교섭할 카드로 삼는다. 왜냐면 어둠의 대정령이 마녀를 북방으로 데리고 돌아갈 생각을 하는 게 명백했으니까. 그렇지만 엘리노어가 마녀를 생포할 생각이 없는 건 잘 알고 있었어. 그 애는 기가 세니까. 마녀를 살려 두면 언젠가 복수할 거라고 생각하지 않았을까? ……어라? 왜 그래? 나만 말하고 있잖아? 이건 대화라고 할 수가 없는걸. 나는 오늘 너랑 대화를 하러 왔는데."

"……그러면. 레크트라이클 님. 한 가지만 질문해도 될까요?"

무심코 비굴해져 버린다.

나보다도 연하로 보이지만, 하나도 부끄럽지 않다.

이 소년에게는 그 정도의 힘이 있으니까.

"한 가지가 아니라 뭐든지 물어봐. 나는 지금 꿈을 꾸는 것처럼 대단히 기분이 좋아."

"당신은 처음부터 폐하가 질 걸 알고 있었나요?"

레크트라이클 님이 갸우뚱거린다.

대체 무슨 어리석은 질문을 하는 거냐는 듯 표정이 표현하고 있었다.

"당연하잖아?"

"……당연한 건가요."

"제국의 마녀는 왕도 다리스에서 내 성역을 돌파했어. 그런 상대에게 가디언을 빼놓고 도전하다니, 엘리노어도 너무 물러. 그렇지만 그게 엘리노어란 인간이지. 지금까지 그 애는 계속 그 방식으로 승리를 붙잡았으니까."

"……이번에는 패망하기 일보직전이었어요."

"결과적으로 엘리노어는 너를 써서 마녀에게 승리했잖아? 그자는 그런 인간이야."

그건 내 의지였다.

폐하의 편을 들려는 생각은 일체 없었다.

"하지만, 정말 놀랐어. 어둠의 대정령이 패배를 인정하고 스스로 타협안을 제시하다니. 그건 정말로 드문 일이거든? 그 괴물이, 나조차도 꼬맹이라고 부르는 어둠의 대정령이!"

온몸으로 기쁨을 표현하는 레크트라이클은 천진하고, 더러움도 보이지 않는다.

"내 서약 마법을 받아들이다니——! 깜짝 놀랐어!"

부전(不戰)의 서약.

그 후로 어둠의 대정령은 마녀를 구하기 위해 왕도에서 레크트라이클이 사용하는 서약의 마법을 받아들였다고 한다. 그리고 지금은 어둠의 대정령이 부상당한 마녀를 데리고 진작에 북방으로 여행을 떠났다고 했다.

"그렇지만 스로우 데닝, 너에게 감사하고 싶은 건 그것뿐이 아냐. 마녀 일은 엘리노어랑 카리나를 화해시키기 위해서 딱 좋은 조건이 모여 있었어. 두 사람 다 기가 세고 완고하거든. 둘 다 궁지에 몰린 이번 사건은 서로를 다시 볼 좋은 계기가 되지 않을까 생각했어. 두 사람을 위해서라면 수호검을 어둠의 대정령에게 넘겨도 좋다고 생각했지. 그래서 가디언에게는 최악의 경우 어둠의 대정령의 감언에 넘어가도 된다고 미리 말해 뒀고. 그 녀석이 수호검을 가지고 싶어하는 건 알고 있었으니까.”

아하.

다시 말해서, 그렇게 된 거군.

우리는 어디까지나—— 이 레크트라이클의 손바닥 위에 있었다.

“그러니까 너한테는 감사하고 있어. 네 덕분에 엘리노어도 목적을 달성했고, 카리나는 그 경험을 거쳐서 마음이 훨씬 강해졌을 거야. 그리고 나도 그녀에게 바라는 말을 끌어냈어.”

힘이 빠진다.

폐하도 연관되고 싶지 않은 사람이지만, 레크트라이클은 그 이상.

왜냐면 지금도.

“그래서. 바로 내가, 네 바람을 뭐든지 들어준다고 하면—— 어떡할래?”

나는—— 시험받고 있으니까.

세상은 평화를 향해 일직선. 이제 샛길로 빠지지 않아도 된다.

이제 나는 아무 생각도 안 해도 된다.

머엉~하니 가을바람을 느끼면서, 전교 조회.

그래서 나는 멍하니 전교 조회에 참가해 학원장님의 이야기를 듣고 있었다.

"──."

갑자기 열린 전교 조회는 떠나 버린 폐하가 남긴 감사의 말을 낭독하고 있었다.

미래의 기사의 모습을 많이 볼 수 있었고, 또한 감사하고 있다고.

거기서부터는 아무래도 좋은 이야기가 이어졌다.

지금은 수업 커리큘럼의 변경 같은 걸 고지하는 모양이다.

보다 학생의 특성에 맞추기 위해 수업 선택의 자유도를 올린다고 했다.

그 영향인지, 새로운 선생님이 여러 명 오는 것 같다.

"──계절에 안 맞는── 새로운 교── 전학생을 소개하겠네. 일단 선생님들을──."

그렇지만 뭐라고 말하고 있는 선생님들의 목소리는 솔직히 거의 안 들린다.

멍하니 있었으니까. 지금 나는 참으로 맥없는 표정을 하고 있을 거다.

명실상부하게 세상이 평화로워졌다. 요전에 레크트라이클이 말한 것처럼, 어둠의 대정령은 대륙 남방에 일절 손대지 못하게 됐으니까.

"……──낯이 익── 루루 선생──."

뭔가 다들 웃고 있네.

왕도에서 유명인 선생님이라도 온 걸까? 참고로 아까 폐하의 말을 읽었는데, 사실 나는 폐하에게 왕도에 초대를 받았다. 이번 일에 대해 정식으로 발표는 할 수 없지만, 하다못해 최소한이라도 대접을 해 주고 싶다고 했다. 그러나 학업이 바쁘단 이유로 정중하게 거절했다. 당연히 샬롯 일에 대해서는 발표 안 하는 걸로 결판이 났다.

"————이번에는 안심하게나—— 진짜일세."

어디, 보자.

그러고 보니, 집회에 나오는 것도 오랜만이네.

대각선 앞에 슈야의 모습이 보인다. 이 녀석, 아까부터 이쪽을 돌아보면서 뭐라고 중얼대는 거지?

무슨 일인가 했는데, 나한테 말을 거는 건가?

"그에게는—— 진로 상담부터 일상의 상담까지. 그는 특별한 경력을—— 역사적—— 그 가문에서———— 교사가——————— 전례가 없는."

"데닝…… 어이, 저 선생님 너네——."

"……슈야, 지금은 조용히 해야 되는 때야."

정말이지 이 녀석은 불성실하군.

그런데 슈야라. 이제 내가 슈야에게 적의를 가지는 일도 없겠지.

전까지는 마음속 깊은 곳에 조금 부정적인 감정이 있었다.

이제 샬롯을 빼앗길 걱정 따위 1밀리그램도 안 해도 되니까 말이지.

"그러니까―― 아는 사이 아니냐고. 아까 학원장님이――
사람이라고―― 잖아…….."

뭔데? 새로 온 선생님이 뭐 어쨌다고.

하지만 기왕이니 새로운 선생님의 모습 정도는 확인을 해둘
까……. 근데 앞에 있는 녀석, 키가 크네. 선생님 모습이 안 보
이잖아.

"그러면, 모두 소문으로 들었겠지. 다른 나라에서 온 새로운
유학생을 한 명 소개하겠네."

소문, 또 소문이냐? 다들 이미 알고 있는 건가.

하아, 또야? 나만 따돌리고 말야. 계절에 안 맞는 전학생?
그런 거 한마디도 못 들었거든! 따돌리는 건 그만두라고 언제
나 말하는데. 난처한 일이야.

"소개하지. 그가 바로――."

"――대마도사. 내 소개는 필요 없다."

당당하게 모습을 드러낸 자를 보고 나는 눈을 깜박거렸다.

아니, 나만 그런 게 아니다.

이 자리에 있는 누구나가 그의 모습을 보고 말을 잃었다.

"아니, 뭐. 내 소개니까 스스로 말할게."

남방에서는 보기 드문 거무스름한 피부에, 미남형 얼굴.

볼에는 뱀을 본뜬 문신을 새겼고, 검은 망토가 나부낀다.

그렇지만 놀란 것은 그 때문이 아니다.

이 학원에서도 슈야처럼 사람의 이목을 끄는 녀석들은 많이 있으니까.

"역시, 나는 이 나라에서는 이단이군. 물론 나도 네놈들을 야만인처럼 생각하고 있지만."

우리를 야만인 취급하는 그 모습.

그러나 너무나도 당당한 태도다.

그리고 홍련을 가둬둔 늠름한 눈동자는, 보는 자를 매료하는 빛을 뿜고 있었다.

"야만인이 기사를 자칭하다니 가소롭군. 그러나 나는……이날을, 마음속 깊이 기다리고 있었어."

쾌활함을 숨기고, 눈을 뗄 수 없을 정도로 화려함을 가진 그 남자.

"그러면, 먼저 이름을 밝히지——."

그 나라는, 지도상의 거리보다도 먼 곳에 있다.

깊은 계곡과 뒤틀린 숲 너머, 눈보라 치는 산맥을 넘어선 너머에 그 나라는 군림하고 있다.

영원하지 않을까 싶은 전란 속에서 타국을 계속 정복한 군사 대국.

북방에 존재하는 수많은 대국을 제압하고 대륙 제일의 무력을 자랑하는 초대국.

"내 이름은, 네온——."

나는 심장을 누가 콱 붙잡은 것처럼 매료되어 있었다.
슈야가 가진 주인공 특유의 아우라마저 비교하는 것도 황송
하다.
애니메이션 지식을 가진 나도, 소문으로만 들어봤었다.
왕위계승권 제2위이며, 차기 황제 최유력 후보.

"네온 라스팔 지르드 도스톨—— 이 학원에는 친구를 찾으
러 왔다."
즉사의 마법을 다스리며.
그 도스톨 체국에서 사신(타나토스)이라는 별명을 가진 신 캐릭터의 등
장에, 나는 신을 저주했다.

샬롯과 약속한 방과 후 데이트가—— 연기될 것 같았으니까.

후기

이발을 하러 왔습니다.

후기는 매번 뭘 쓸까 머리 아프게 고민하니까요.

이번에는 이발 시간을 이용해서 스윽 적어볼까 생각합니다.

이발 타임은 머리카락 자체가 길지 않으니 대강 20분 정도.

담당 미용사님께 이발할 때 스마트폰을 만지고 싶은 타입이라고 사전에 말을 했으니, 대화는 최소한. 후기에 집중하는 환경이 딱 만들어졌습니다.

이 시간 안에 쓴다고 생각하지 않으면, 과거의 경험상 고민하다가 질질 끌게 될 것 같아서 이 시간 안에 다 쓰겠다고 결심했습니다.

요즘 미용실은 태블릿도 빌려주고 마음껏 인터넷을 할 수도 있죠. 좋은 시절입니다.

……야후 뉴스 같은 걸 보고 있을 때가 아니라 후기에 집중하고 싶군요.

본권에서 드디어 스로우가 고백을 했습니다.

길었는지, 짧았는지.

'어이, 갑작스럽잖아.'라고 생각한 분도 있지 않을까요?

어쩌다가 애니메이션 지식을 가지고 있는 만큼 스로우는 동요가 적은데요.

지금까지 계속 폐를 끼친 샬롯의 역습, 이라고 해야 할까요?

그나저나 신년, 2019년이 되었습니다.

내년은 올림픽의 해. 도내에 숨어 있는 저는 내년의 교통망에 불안을 품을 수밖에 없습니다만, 앞으로도 건강하게 살아가고 싶다고 생각합니다.

또한, 돼지 7권을 출판할 수 있었던 것에 관해서는 관계자님에게 대감사를.

코미컬라이즈 1권도 잘 부탁드립니다.

이렇게 이발하면서 후기를 쓰는 거도 좋네요.

굉장히 의미 있는 시간이 됐으니, 또 기회가 있으면 도전해 보려고 합니다.

아이다 리즈무

돼지 공작으로 전생했으니까,
이번엔 너에게 좋아한다고 말하고 싶어 7

2020년 06월 25일 제1판 인쇄
2020년 07월 01일 제1판 발행

지음 아이다 리즈무 | **일러스트** nauribon

옮김 박경용

발행 영상출판미디어(주)
등록번호 제 2002-000003호
주소 21311 인천광역시 부평구 평천로 132 (청천동)
전화 032-505-2973(代) | FAX 032-505-2982

ISBN 979-11-6524-641-9
ISBN 979-11-319-9290-6 (세트)

BUTA KOSHAKU NI TENSEI SHITAKARA, KONDO WA KIMI NI SUKI TO IITAI Vol.7
ⒸRhythm Aida, nauribon 2019
First published in Japan in 2019 by KADOKAWA CORPORATION, Tokyo.
Korean translation rights arranged with KADOKAWA CORPORATION, Tokyo.

구매 시 파손된 도서는 구매처에서 교환하실 수 있습니다.
기타 불편사항, 문의사항이 있으신 독자님께서는 노블엔진 홈페이지
[http://novelengine.com] 에서 Q&A 게시판을 이용해 주시기 바랍니다.